在历史文化间行走

第二卷

王业群◎著

南方日报出版社
NANFANG DAILY PRESS
中国·广州

图书在版编目（CIP）数据

在历史文化间行走．第二卷 / 王业群著．— 广州 ：南方日报出版社，2017.11

ISBN 978-7-5491-1757-4

Ⅰ. ①在… Ⅱ. ①王… Ⅲ. ①散文集—中国—当代 Ⅳ. ①I267

中国版本图书馆 CIP 数据核字（2017）第 264395 号

出 版 人：周洪威
责任编辑：阮清钰
封面设计：邓晓童
责任技编：王　兰
责任校对：王　燕

在历史文化间行走 **第二卷** ZAI LISHI WENHUA JIAN XINGZOU · DI-ER JUAN

著　　者：王业群
出版发行：南方日报出版社
地　　址：广州市广州大道中 289 号
经　　销：全国新华书店
印　　刷：广州市怡升印刷有限公司
开　　本：787mm×1092mm　1/16
印　　张：14.75
字　　数：158 千字
版　　次：2017 年 11 月第 1 版
印　　次：2017 年 11 月第 1 次印刷
定　　价：45.00 元

投稿热线：（020）87373998-8503　读者热线：（020）87373998-8502
网址：http://www.nanfangdaily.com.cn/press　http://www.southcn.com/ebook

序　享受行走的人生乐趣

刘玉珠

得知王业群同志《在历史文化间行走（第二卷）》一书即将付梓，我不觉深感欣慰。

我与业群因工作关系相识，算来已有二十来年了。20世纪90年代末，我偶然间在《中国文化报》上见到了他关于历史文化的随笔文章，甚为高兴。当时业群已离开繁杂的工作岗位，开始了真正属于自己的生活。大约三年前的一天，我收到了他汇集多年所写文章而成的《在历史文化间行走》。现在，这本书的第二卷，想不到也这么快就即将面世了。在深为业群同志感到高兴的同时，我脑海中也不由闪出这样一个历久弥新的话题：我们应该怎样对待自己的传统文化？人和历史究竟处于一种什么样的关系？

毫无疑问，我们正处在一个大开放的历史时代，世界各国、各民族的交往日渐加深，文化扮演了日益重要的角色。人们对文化所能够产生的重要影响力，有了越来越深刻的认识。而超越种族、国别和语言距离，为全世界人所热衷的旅游，其愈发受人们欢迎的主因也在于文化展现的令人叹为观止的魅力。

中国是一个有着五千年悠久文明史的国度，华夏文明也是世界四大古文明中唯一得以延续至今且未发生断裂的文明。以勤劳、智慧著称的中国人民，在漫长的历史进程中，为人类文明的发展做出过许多杰出贡献。这既体现在浩如烟海的史料中，也体现在我们辽阔国土的锦绣河山和历史遗存中。

人是历史的存在。一个国家或一个民族，既是以往历史的延续，又在当下和未来间起承转合。它既应当承续自己民族和国家优秀的传统文化，又必须不断与时俱进、发展创新，才能够自立于世界之林，这是早已经被历史证明了的事情。个人也如此，只有深入了解自己祖国辉煌灿烂的历史文化，才能够对它产生深深的热爱之情；只有读懂了历史的过去，才能更好把握住现实的今天。正如英国19世纪重要历史学家托马斯·卡莱尔说过的："我们没有能力去阻止已经发生的事情，但有能力去改变已经发生的事情对我们现在生活的影响。接受已经发生的，改变可以改变的。"

值得庆幸的是，中国经济社会所发生的深刻变化，使外出旅游渐渐成为中国人日常生活的一部分，了解国家丰富悠久的历史文化，也成了今天更多中国人的一种文化自觉。而行走一旦和阅读、观察、思考结合起来，人生的乐趣将是难以穷尽的。

我十分理解王业群，欣赏和羡慕业群同志在人生和历史文化领域里这种脚步不停的追求和享受。衷心期盼他继续走下去、写下去，既丰富自己的人生，又传播多彩的文化，何其乐哉！快哉！

（作者系国家文物局局长）

目　录

上篇　名城与名胜

中篇　遗迹与旧址

下篇　故居与人物

上篇

名城与名胜

行走婺源

不少中国人对江西婺源的认识，大概都源于多年前这个地方就打出了“中国最美的乡村”这块牌子。在外出旅行越来越受人们青睐、成为普通中国人日常生活一部分的时候，婺源因保留了为数众多的古村落，以及成片成片具有审美特征的徽派民居，而深受游人的喜爱，特别是油菜花开季节，田野村庄被满地金黄覆盖，常有四方游人赶来赴一场盛会。

其实，婺源在熟悉和喜爱历史的人眼中早已出名，因为这里独特的人文环境，曾经孕育了诸多的民族精英。我在以浙江绍兴为中心点，考察远近周边地带的重要人才圈时，就曾将安徽绩溪与江西婺源一带划入了它的半径之内。中国古代学术史上的重要人物、宋代理学集大成者朱熹的祖籍，即在婺源；南面不远的江西上饶，是古信州鹅湖寺所在地，朱熹与心学代表人物陆九渊关于“心”和“理”之辩的“鹅湖会”事件，就发生在这里；而陆九渊与另一位大名鼎鼎的人物、北宋著名改革家王安石，又是往西南稍远些的金溪和临川（均属今江西抚州）人；大文豪欧阳修，则是再南一点的江西吉水人。仅此一端，便可见江西这一带在中国古代思想文化史上的地位，将其划入中国古代形成的重要人才圈，不是没有根据的。

婺源建县于唐开元二十八年（740 年），因婺水得名，以后一直隶属安徽的歙州，1949 年后才划归江西。不过，当地人心底与安徽徽州在根脉上的联系，至今仍没有完全切断。据介绍，唐代至清，婺源仅文武进士就出了 654 人。

出发前，我就在网上预订了距婺源县城 12 公里、村名叫李坑的一家小客栈。别小看了这么个北宋年间建村的小村落，宋代至清，居然出了进士 18 名、状元 1 名。李坑村最大的特点，是有一条很窄很窄的小河从村中穿过，河上几乎每隔十数步便横有一座小桥，石、砖、木质材料结构的均有；沿河两岸，是一家挨着一家的商铺、茶楼、小店、客栈，鳞次栉比，形成水街格局。

我入住的便是这样一家临水而建的茶楼客栈，由村中一对约莫 60 岁年纪的夫妇经营。住的地方很小，很简陋，但烧的饭菜还算有当地风味，夫妇俩待客也诚实热情。早晚坐在客栈临河一边的二楼品茶，可以欣赏到底下水街游人穿梭的景色。除一般游客外，最多的是美术学校的师生，整队整队地来，河边、村内街巷和村外田野，到处散布着支起画板写生的学生。直到入夜，窄窄的水街，还可看到许多游人的身影在昏黄的灯光下移动。

次日早晨，客栈帮我们找了一位做游客生意的村民，包了他的车子，我们一路去了婺源的思溪、新华镇的彩虹桥以及汪口、江湾等好几处古村落。在思溪村，一座叫承裕堂的古民居令人印象深刻。在一片密集、残旧的民居中间，你是怎么也想不到，踏入低矮的屋门内，才发现里面有如此高伟、满是雕梁画栋的厅楼；那木雕的精致，官厅式建筑的金贵用料，直让人唏嘘不已，原来普通农村中的富裕人家，竟深藏着如此的显赫与气派！

彩虹桥是廊桥，因始建于宋代，全长140米，故而成为徽州地域最长、最古老的廊桥。对比在思溪村见到的通济桥，后者小多了，只有22米长，但都属廊桥，基本式样相同，结构也比较简洁，桥墩都是用大石砌成的半船形，宽大厚实，前尖后钝，异常稳重，以便抗击和减缓水流的冲击力，这是两处廊桥的显著特色。不过，这里其实就是新华镇单一的旅游景点，除廊桥外，基本没什么可看，当地刻意渲染的所谓“小西湖”景色，似有些名不副实。

和大多古村落的安宁僻静不同，汪口在明清时期就是婺源的重要水路码头，故行走在村中那条长长的古街，仍可以从街两旁留下的痕迹，感受这里曾经的商业兴旺。村中的俞氏宗祠，飞檐翘角，斗拱梁坊，甚是气派；其木雕艺术的精湛，令人称叹。

除了李坑，到婺源的游客，去得最多的地方恐怕要属江湾。它位于江西东部，靠近安徽和浙江两省，是隋末唐初建起来的一个千年古村。江湾的出名，是这一支“江”姓，原本不姓“江”而姓“萧”，属南朝梁武帝萧衍长子萧统的后裔，上可追溯到西汉宰相萧何。萧衍本人为兰陵（今江苏常州西北）人，是齐高帝萧道成的族弟，在齐室内乱时起兵襄阳，攻取建康，灭齐称帝；“侯景之乱”中被软禁，饥病而死。

萧统的后裔，到唐代出了8位宰相，其中萧遘之子萧祯，因避祸隐居安徽歙县，才改“萧”姓为“江”姓，俗称“萧江”，萧祯是“萧江”一支的始祖。“萧江”到二世祖的时候迁入婺源，而迁入江湾的时候，已是第八世。故江湾的“萧江”始祖，是八世祖江敌。村内的永思堂，是“萧江”族的宗祠，始建于明万历年间，太平天国时期毁坏，民国初期重建，“文革”时期再度被毁，2003 年又重建。

婺源县城西去 29 公里的文公山，因朱熹得名。听说那里建有朱子文化公园，山上有朱熹回故里扫墓时栽的杉树 16 株，算是千年的古杉群了。朱熹的出生地是南剑州尤溪（今福建南平），婺源是他的祖籍，江西又多与他的职场、学术、教育生涯相关，除“鹅湖会”，最著名的就是庐山白鹿洞书院了。《四书集注》和宋代理学之兴产生的背景，正如他在《中庸章句序》中说的，是孟子之后，儒家道统失传，“而异端之说日新月盛，以至于老、佛之徒出，则弥近理而大乱真矣”。《四书集注》的写作倾注了朱熹平生精力，直到死前三天还在修改，可见他在学术上的一丝不苟态度，这和他在评价子思作《中庸》时，对儒家经典的传承“忧深、言切、虑远、说详”是完全一样的。

在我看来，《四书集注》继二程而阐述的“盖均善而无恶者，性也，人所同也；昏明强弱之禀不齐者，才也，人所异也”，与汉儒董仲舒在批驳孟子“性善论”和荀子“性恶论”基础上，阐发的所谓“性三品说”有异曲同工之处。董仲舒在《春秋繁露》的《深察名号第三十五》中，对自己的这一论点有个很形象的比喻：“故性比于禾，善比于米；米出禾中，而禾未可全为米也；善出性中，而性未可全为善也。”现代很多人喜用“君子慎独”自勉，其实并不完全明白其中“独”字的含义。朱熹在《中庸章句》中对“独”字的解析是：“独者，人所不知而己所独知之地也。言幽暗之中，细微之事，迹虽未形而几则已动，人虽不知而己独知之，则是天下之事无有著见明显而过于此者。”

《四书集注》在中国学术思想史上有着重要地位，在宋代被列为国学必读教本后，自元延祐年间恢复科举到明清两朝，都是科举用书，可见对中国古代文人士子的影响有多大；儒学中一些糟粕的流毒之深，自然也不在话下。如朱熹“国不以利为利，以义为利也”（《大学章句》）的所谓“义”“利”观，就是儒家许多落后观念的代表之一，在我看来，到今天还多少影响着我们国家的政治、军事、外交战略；其“义理”研究的最大毛病，是将人和国家都放在了和外部环境脱节的封闭条件下推论，结果越精致，越变成死理。

徽州与黄山

往绩溪途中，中午在路旁沟谷一农家菜馆小憩。因过了用餐时间，院子里已经没了其他食客，我们便请服务员将桌椅搬到露天，连出租车司机一起，三个人围桌子坐下，短暂享受了这里的安静和清新空气。只见院子里一堵白灰砖墙的上面，写有一行墨字："一生痴绝处，无梦到徽州。"这是明代汤显祖的句子，在徽州不少地方介绍中都能看到。

我一直弄不明白，徽州这么有名的历史城市，为什么现在改称黄山市，而不叫徽州市？黄山固然有很大名气，历史上就是名山，但一座城市的命名，应尽可能更多地考虑历史文化因素和称谓的沿袭。黄山市只是 1983 年才设立的县级市，1987 年升格为地级市。而徽州作为城市名称的历史却早在北宋宣和三年就有了（1121 年，宋徽宗时期改歙州为徽州），安徽省的省名，就是清初由当时的"安庆"和"徽州"各取首字而成。更重要的是，徽州已作为一个地域和文化的概念，黄山则只是一座具体的山的概念，选择前者显然比后者要有更多的理由。我琢磨，这是不是和黄山极力发展旅游业，成为摇钱树有关（黄山 1990 年被联合国教科文组织列入《世界文化与自然遗产名录》）。其实大可不必，徽州的历史沉淀，使它本身就蕴含了极其丰富的旅游资源，它在历史和文化上的影响，某些方面甚至可以涵盖和代表整个安徽省。不少学者在研究徽州文化时，就多愿意使用“大徽州”这个概念，这有一定道理。一定地域形成的某些文化特征，有时我们是很难完全以现在的地理分界作硬性切割的，这样做不但显得不科学，也和历史上行政分划的复杂变化过程脱节。比如清初，安徽布政司在从南京迁到安庆之前，是驻南京的。再之前，江南省（辖区包括了现在的安徽和江苏）分左、右布政司时期，也是一个治所在南京，一个治所在苏州，均与安徽本省无涉，包括徽州府在内的左布政司辖区，治所就在南京。但难道我们就可以因此否认安徽，特别是徽州作为区域文化存在的事实吗？显然不可以。

回头说，研究地域文化，若是没有一个基本区域划定，也有问题。这会导致范围无限延伸和扩大，所谓区域文化的特征，实际上也就被模糊掉了。我在了解日本国民个性特征的时候，对此就深有体会。

众所周知，二战结束后，美国文化人类学者鲁斯·本尼迪克特出版了一本著作《菊与刀》。其从日本有别于其他民族的特殊性入手研究日本人的方法，一时被各国以至日本本国人奉为圭臬，持续影响了世界半个世纪。最近，我又读到了由日本人自己写的日本人论——《括号里的日本人》，作者橘玲。这本书号称超越了《菊与刀》，是对以往日本人论所有思维定式的颠覆。之所以这样说，是因为作者在研究日本人时，不是从他们和其他民族的相异处，而是从相同处入手，是寻找他们与其他民族的共性。作者在书的后记中也称：“在此前的日本人论中，所谓的‘日本人的特点’其绝大部分或者是人的本性。”

不能不说，作者从人的共性出发研究日本人的方法，有其道理，角度也有新鲜感。如果说，《菊与刀》之后，关于日本人论的很多东西，现在都能被指证为属于人类的共性的话，这本书对于我们重新认识日本人，当然会有启发。

问题是，研究日本人的目的，更主要的还是揭示他们与其他民族的差异性而非共同性。这也是人类认识事物的一般性规律，即由特殊到一般，再由一般到特殊。认识不到具有差异的个性，又怎么谈得上认识有相同特征的共性呢？共性“包含于一切个性之中，无个性即无共性”。（毛泽东《矛盾论》）橘玲的著作，在这点上，恰不如《菊与刀》指向鲜明、论述集中和专业性强，尽管她运用了更多的研究方法，本身还是日本人。而《菊与刀》的作者不但是美国人，写书之前甚至没到过日本。

对徽州文化的研究也如此，应将其特定的地域对象作为主体，而将与之相连的地域做背景与关联，使二者既有机联系，又理性分开，不煮为一锅。像现在有的学者进行“大徽州”研究那样，把徽州和整个安徽甚至河南、江苏等许多因素扯进来，我以为是不恰当的。安徽边缘的那两处，显然受孕更多的是中原文化和吴越文化的因子。

徽州地域文化最突出的特征是什么呢？我认为就是崇文重教和经商传统二者的高度融合。徽州自宋以来的所谓“一府六县”——徽州府、歙县、休宁、婺源（1949 年后隶属江西省）、绩溪（1988 年后划归安徽省宣城地区）、祁门、黟县，历史上尽出书香门第不说，徽商的声名到今天也还是一个闪烁的光环。谈论徽州，不能不说这是一般人得到的印象。当然，今天的徽商概念，已经包含了整个安徽的经商群体，和历史上的徽商毕竟不完全是一回事。

在徽州，外地人听到最多的，还有一首流传于当地的民谣：“前世不修，生在徽州；十三十四，往外一丢。”起初我有些纳闷，汤显祖那句话不是极赞徽州吗？徽州历史上出了许多名人，是文化厚重之地，缘何又有如此鄙薄自己生长之地的说法呢？后来一想，二者也没什么大的矛盾。因为，经商是从徽州社会整体现象上来说的，有人口和地理环境的缘故，徽州属皖南山区，人称“七山半水半分田，两分道路和庄园”，经商实属他们无奈的选择。人们分析徽州经商传统形成的原因时，就多以“人多地少”为论据。

人多地少，肯定是一个地区形成人口向外流动和经商传统的成因之一，就像广东的潮汕地区一样。但我认为这不是唯一原因，否则人们在分析徽商起源年代时，就不会有不同看法。地理环境是早已如此的，如果因为人多地少，春秋时代即存在的商业繁华之地，就该有徽州的位置，可事实上并非如此。从《史记·货殖列传》中我们知道，那个时代的徽州，并不在司马迁所罗列的商业繁华地区范围内。司马迁在点出人多地少是导致从商的其中一个原因之外，还点出了另一个重要原因，那就是“货物集散地”。如战国时的雍县，是关中和蜀郡之间的货物集散地；陈郡，是楚国和北方华夏国家的鱼盐集散地；合肥，则是皮革、干鱼、木材集散地，又是南北水路货物交流中心。由此推论，包括徽州在内的皖南山区，经商成为传统，其源头也许可以追溯到战国，主要是受合肥地区商业因素的影响。但真正形成气候，则是在宋以后，是宋王室南迁，政治、经济、文化中心的南移。不过，像皖南这样交通不够发达的山区，导致人口外流和从商者众，人多地少和附近集散地影响两个原因之外，特产资源和外出经商成功人士对家乡的影响，还会是另外两个重要原因。在司马迁的书中，就讲到一个鲁人邴氏家族以炼铁发了大财，家产上亿，致使“邹、鲁以其故多去文学而趋利者”的故事。从前广东百姓“下南洋”成为一时风气，同样有迫于生计和出外谋生榜样力量两种因素影响。说简单些，即从众心理。徽州民谣给我们透露的，其实就是这个信息。

“往外一丢”，不独经商，还有一条路是博取功名。科举制度实行后，读书成为一般人通向这条路的主要途径。有中原文化、楚文化和吴越文化浸润，又深受宋南渡以后世家大族南迁的影响，江南文化蔚成风气，科举考试成功者的天平，自然显著地由原来的北方倾斜到了江南。因之，崇文重教观念，也就十分自然地融入徽州商人的血脉。一些学者在比较晋商、徽商这两大重要商帮时，通常会运用从文化特点分析入手的方法。听出租车司机介绍，在他们这里，别的不好说，如果因读书教育需要向人借钱，很少借不到的。如果这是事实，就进一步说明了徽州民风的确有对文化教育事业重视的传统。

徽州一带富裕人家宅第给人的印象，也包含了这种崇文重教传统对家族传承的熏染。如规模庞大的鲍家花园和棠樾牌坊群，不说其彰显的鲍氏家族富裕程度，以及与朝廷官府非比寻常的关系，单就其体现出的深入肌理的儒家文化“忠孝节义”观和“富润屋，德润身”的古训教导，也能让人感受到徽商这一群体的儒雅追求及学养底蕴。据称，鲍氏乃春秋名相鲍叔牙后裔，其家族明清两代四百年间，上交天子，藏镪百万，富可敌国。鲍家花园曾与当时的苏州拙政园、无锡蠡园并称为“江南三大私家名园”。类似鲍家这样气派的深宅大院，徽州一带实在不少。呈坎，则是建于东汉三国时期的一座古村落，至今仍完整保留着当时的八卦风水布局和街巷建筑，人行其间，宛若步入迷阵。一个村就拥有国家重点文物保护单位 21 处，实属罕见，可见该村的历史文化价值，所谓“登黄山不可不去呈坎”（刘海粟语）者，理由正在于此。

黄山在我，当然是仰慕已久。记得读初中一年级的时候，我爱好集邮，便对邮册中收集的一套黄山风景邮票格外钟爱。何况，自古就有“五岳归来不看山，黄山归来不看岳”一说。及至登完黄山，除亲身领略到它的“奇松、怪石、云海、温泉”四绝外，说句老实话，我另外体会深的，就是黄山山道的崎岖、遥远、陡峻和对跋涉者意志与体力的挑战。我非常佩服徐霞客，在当时那样的条件下，完全靠徒步，他竟在 1616 年二月和 1618 年八月两次登了黄山。出发地都是汤口。一次是从光明顶左路上飞来峰、狮子峰，右路折回光明顶后原路返还；一次是到狮子峰后，走了另外一条路，从石笋矼至白沙庵、罗汉峰下山。从日记看，两次登山，他都在离汤口五里地的汤寺泡了温泉，第一次下山后还于汤寺再次泡了温泉。我也在登黄山前和下山后两次泡了温泉，不过地点却在离黄山还有一段不远距离的地方，名叫“醉温泉”。我在那里的温泉小木屋各住了一晚，十分舒适。黄山上那晚，住的也是木屋，夜里感觉非常寒冷。

三月扬州

去扬州的人，一般都知道李白《黄鹤楼送孟浩然之广陵》那首脍炙人口的诗：“故人西辞黄鹤楼，烟花三月下扬州。孤帆远影碧空尽，唯见长江天际流。”花树带露，迷蒙如烟，自古便是人们憧憬扬州最富浪漫的想象。诗中的“三月”，自然是农历。所以现在人们游扬州的季节选择，是公历 4 月。据说那恰是“琼花”盛开的时节。这种花洁白似雪、朵大如盘，满枝绽放的时候，香艳夺目，煞是好看。故而扬州市在每年 4 月中旬，会举办“琼花节”。

而我到扬州的时候，不巧偏逢公历 3 月，琼花怒放的景色自然是无缘目睹了。但游瘦西湖那天下午，见景区路旁、湖畔和庭院里的各色花朵，一样是仪态万千、摇曳生姿；堤岸嫩叶新发的柳树，春风轻抚、婀娜无比。兴许是环境气候变化大的缘故吧，遇到这样春风和煦、阳光妩媚的 3 月，扬州人都兴致勃勃地到瘦西湖游玩，给这座古城平添了一种盎然的现代生机。

扬州建城于春秋时期，最早称邗城。吴国灭邗国后，被越国所灭，越国又败于楚国，楚国将其改为广陵。秦统一六国后，始设广陵县，隋朝得名扬州。李白诗题称送孟浩然到广陵，用的是扬州古称。据考，邗城在今扬州西北郊蜀冈一带，也就是现在的蜀冈瘦西湖风景区。景区的湖水，至今还东连吴王夫差为争霸中原所开的邗沟，并直达京杭大运河。唐代时，值扬州经济文化繁荣之盛期，有所谓“扬一益（成都）二”的说法。

历代与瘦西湖相关的诗很多，比较特别的还有杜牧的《寄扬州韩绰判官》一首：“青山隐隐水迢迢，秋尽江南草未凋。二十四桥明月夜，玉人何处教吹箫?”二十四桥是瘦西湖的一处景点，因相传古时有二十四位美人在桥上吹箫得名。“玉人”本为形容美丽女子，也借喻风流倜傥的才子。杜牧诗中的“玉人”，显然指后者，意在对好友风趣调侃。毛泽东得闲时会录古诗练毛笔字，不知出于什么心情，也录了此诗，如今刻于二十四桥一边的石碑上。

扬州的历史文化古迹保存还算好。穿行在古城区长长的街巷，周围是整片整片低矮的灰砖瓦房，密匝匝的，巷道曲折而狭长。著名的江南园林个园和朱自清故居，即藏匿在这些深巷之中。而何园的四周，则修建了规模很大的一条仿古街。

瘦西湖西行不远，是著名的大明寺。它始建于南朝宋孝武帝大明年间，隋开国皇帝杨坚笃信佛教，在寺内建了供奉舍利的栖灵塔。原寺、塔早经数度焚毁和整修重建，现在的大明寺规模较大，占地达500亩。该寺因盛唐时期高僧鉴真做过住持而闻名佛教界。

鉴真（688—763），扬州人，俗姓淳于。14岁出家，天宝元年（742年）应日本高僧邀请东渡，时已55岁，历经磨难，五次受挫，第六次终获成功，这时已年近七旬，双目失明，在日本奈良筑坛传戒，创建唐招提寺，为中日文化交流做出了重大贡献。

到大明寺那天，我在栖灵塔瞻仰了塔内供奉的舍利，一口气登上了九层高的塔顶。站在塔顶俯瞰扬州城，一幅天高地阔、气象迷茫的图景展现眼前，回想当年鉴真自古渡口扬帆远航的壮举，内心很是激动。

在中国佛教史上，有三个为交通中外、不惜历尽艰难曲折甚至冒九死一生危险而达到目标的重要人物，非常值得人们尊敬。鉴真属于东渡日本弘扬佛法，在他之前，东晋就已经有一名叫法显（本姓龚，平阳郡即今山西临汾西南人，约 337—422）的高僧为了取经，相约同道，从西安出发，沿西汉张骞通西域的线路远赴印度。法显一路跋涉了 30 多国，抵达佛教圣地摩揭陀国（今印度东部）时，就剩下了自己一人。回国时，由于走的是海路，风浪迷航，漂流到南印度洋的爪哇国，又绕了一大圈，才从山东青岛折回南京开始翻译佛经，前后历经了 14 年时间。法显是中国僧人到印度取经留学的先驱。

法显之后、鉴真之前，是初唐的玄奘（602—664）。贞观元年（627 年）他从西安出发前往印度取经，途经中亚、阿富汗等地，最后到达巴基斯坦和印度，前后经历的时间竟为 19 年！玄奘共带回 600 多部佛经，耗时 20 年翻译了 75 部。他的事迹在唐以后为历代中国人所熟悉。玄奘本名陈祎，出生地在今天河南省的偃师，是我年轻时住过不短一段时间的地方，县城位于陇海铁路的边上。

法显的经历，有其所著《佛国记》记载传世。玄奘经其口述，由大总持寺沙门辩机编撰，也留下一部记录他西行所闻所见的著作《大唐西域记》，共 12 卷，记载了亲历或听闻的一百几十个国家、地区、城邦的山川形胜、气候物产、风土人情、宗教传说，部分地方连当地人的语言特征、形貌服饰、行为品性、礼仪习俗，及佛寺的大小、数量，僧众人数和传习的是大乘、小乘哪种佛学流派等等，都有仔细记录，极尽详备，具有较高的史料价值。如书中反映印度当时的殡葬习俗，就清楚指出有3种："一曰火葬，积薪焚燎。二曰水葬，沉流漂散。三曰野葬，弃林饲兽。"

这部巨作的文学色彩也相当浓，词语丰赡，诡谲幻化，尤其是那些记录宗教传说故事的地方，情节离奇生动，引人入胜。如卷二中说南海之滨有一棵枯树，树穴中居住着500只蝙蝠，有一队商旅行至树下，寒风骤起，人皆感饥饿冷冻，遂在树下堆积柴火并点燃取暖，结果引燃了枯树。这时有一位商人于夜半时分念诵阿毗达摩藏，不想那些蝙蝠十分爱听法音，竟至不忍离去，全都化身为舍身修学的常人。后来，迦腻色迦王与胁尊召集500贤圣，在迦湿弥罗国做毗婆沙论，那500圣贤就是当初枯树中的500只蝙蝠。

书中记载的诸多城邦、地区和国家，不仅有明确方位和区域周长、面积，甚至连相互间的距离、周边状况以及佛教院、塔、寺等，都写得很具体，非一一亲见似无法如此细密、连贯。玄奘法师只身一人徒步行走，若不是随时逐一记录，仅凭资料翻译，恐怕难以做到。而西域城邦、小国林立，人种、语言混杂，一个中土人士，又凭什么可以每每对其做出互相间的比较和评判呢？阅读此书，玄奘的聪慧和勤勉刻苦，不觉跃然纸上。

作者笔下，同是印度半岛，各区域地段的佛教兴衰也很不一样。有的区域地段，佛寺与僧人都多，甚至达到伽蓝"数百千所，连隅接影"的惊人程度。有的区域地段，则不仅诸多佛寺已荒废，僧人所剩无几，甚至完全没有了僧人。还有些区域地段，则是“异道杂居”，甚至“异道”盛行，“少信佛法多事天神”。这样的一些差别，反映了印度半岛早期佛教和其他宗教的交替发展与复杂流变，并非铁板一块。至于书中反映的大唐西出路上不少地方胡商杂处的情况，则多少让我们感受到了古代丝绸之路上的特有现象。

颇具意味的是，《大唐西域记》中但凡涉及西域各国和佛教人物及佛寺名称的地方，都注有唐时的称谓。可见唐之前，西域各国情况包括佛教，早为中土所熟识，这就绝非是张骞、法显和后来的玄奘等少数先驱所能做到的。这条古代中西交往的通道，不知还有多少不为我们所知的人，曾默默无闻地行走在它漫漫的长路上；有多少人埋骨黄沙、客死异乡，消逝得没有一点音讯。正是这无数无名无姓的人，用悲苦与泣血的脚印，才踩踏出了人类这条亘古光照的彩带。张骞、法显、玄奘，只是他们中间的厥功至伟者。而鉴真东渡的路上，一样也有许多无名氏搏击风浪的身影。对人类来说，有什么比生存和向往，能更加激起他们离乡背井、长途跋涉的原始动机呢？

三月扬州，栖灵塔顶，给人的正是这种“念天地之悠悠，独怆然而涕下”的感受。没有无数看似渺小、无形的积累和铺垫，就不会有高大和伟岸的突出。同样，在这个世界上，也不会有任何一种科学技术的发明，是没有浸润前人研究成果的。

永州的历史余韵

记得在1968年底的时候，我所在的部队从广东惠阳地区东莞县（今东莞市）换防到广西柳州，拉着闷罐子车厢的火车摇摇晃晃北上到湖南后，打衡阳折向西南方向，在离广西边界不远处，路过一个叫冷水滩的车站，这个站名当时就在我脑海中留下了较深的印象。

时隔46年之后，我终于在这个车站下了车，但乘坐的已是高铁。从衡阳到永州，高铁只需一个小时。冷水滩现在已经成了湖南永州市的一个城区，另一个城区是零陵，它原属湖南境内的四大古城之一。然而，你怎么也没有想到，永州的这两个城区之间，却隔有数十公里的距离，连接两区的一条笔直大道，两旁基本都是空旷的地带。难怪出租车司机也说，恐怕再过10年，两个区也连接不到一块。

我到永州，当然最主要是因为唐代著名的思想家、文学家柳宗元，特别是他写的山水游记《永州八记》，被誉为中国山水游记的经典作品，在中国，凡读过书的人无不知晓。而柳宗元谪居永州时的居住之地，就是现在的零陵。

柳宗元（773—819），字子厚，唐贞元进士，河东（今山西永济市）人，因与韩愈共同倡导古文运动，被列为“唐宋八大家”之一。在韩愈写的《柳子厚墓志铭》中，我们知道柳宗元的家族史非同一般，远祖曾是北魏侍中，封济阴公；曾伯祖父是唐朝宰相，与褚遂良等得罪武后，至高宗执政时死去；父亲原为太常博士，自己主动辞去并请求到江南做县令，以刚直不阿闻名。柳宗元性格上的很多特征，看来与其家族史不无关系。步入仕途后，他由最初的校书郎，升任蓝田县尉，又升任监察御史、礼部员外郎，积极参与了翰林学士王叔文集团的“永贞革新”。革新失败后，被贬为永州司马。

唐代各州的佐官司马，只是一个空名闲职，用以安置朝廷贬斥的官吏。而永州，在时人眼中又是偏远的荒蛮之地。从一个充满抱负的少壮京官，一下子落到这步田地，可想柳宗元是何种失落心情。他更没想到，在此地一待竟足足十个年头。

也许正是这几种原因，永州期间成为柳宗元创作的旺盛期，也是高峰期，不但文章作品达数百之多，且不少属精品佳构。沿零陵区潇水西岸的古街走去，可见到一条溪流的边上，有始建于北宋年间为纪念柳宗元而起的一处建筑群，人称柳子庙。庙前溪流，正是柳宗元《愚溪诗序》中说的小溪，原名冉溪，又称染溪。沿溪畔小路前行，有经后人考证为柳《永州八记》中《钴鉧潭记》《钴鉧潭西小丘记》《至小丘西小石潭记》等作品所描绘的各处景点，旁边即是西山。在溪畔小路缓行一段之后，我忽然从沿溪裸露的岩石外形上，发现了一个细节。不要看这里周围尽被葱茏的草木覆盖遮蔽，曲水回环，溪流潺潺，可这溪边延绵不断裸露出的岩石，告诉了人们原来这里属喀斯特地貌。正是这样的石灰岩层，才会经流水长期冲刷，形成千凹百凸、奇形怪状的岩石带。从这一点，人们完全可以得出判断，眼前的溪流，的确就是柳宗元当年所称的愚溪。而且一千多年前，这里的原始生态当会更加突出；柳宗元诗文对永州山水细切逼真的描摹，看来是有充分现实依据的。

《永州八记》与一般山水游记作品不同的地方在于，作者模山范水的笔触不仅细致、逼真、传神，而且文字十分简洁、客观、清俊，能将作者自己的思想情感深藏于其中，且几乎完全对象化，相当纯粹，这是作者的高明之处。所谓《永州八记》，除了上述3篇外，还包括《始得西山宴游记》《袁家渴记》《石渠记》《石涧记》《小石城山记》几篇。不过，如果你读了《游黄溪记》，就会觉得，此篇似也应归为柳宗元的永州山水游记，加起来其实共为九记。从这些游记中，我们还可以读到其他一些信息。比如，同在愚溪，各处景点其实近在咫尺，却都被柳宗元逐一不漏地欣赏把玩，单独写记，可见他在永州居住时何其清闲寂寞，内心又是何等焦灼、矛盾和苦闷，以至于如此寄情山水。

不过，相较于柳宗元的山水游记，我更欣赏他在永州期间创作的不少传记、寓言和文论。如果人们只是欣赏他的游记，那就大错特错了。真正能反映柳宗元思想性格和文学作品思想艺术特征的，在我看来，正是这些传记、寓言和文论。他的寓言《三戒》，特别是《临江之麋》，情节简单，客观冷静，却意味深长，让人忍俊不禁之余，会领悟到其相当的警世意义。至于《捕蛇者说》和《种树郭橐驼传》，或“传”或“说”，都可算得上是既生动，又尖锐犀利，具有深刻讽刺意义的杂文。更应该一提的是，包含67篇文章在内的《非〈国语〉》一书，柳宗元挑战的对象，竟是春秋时鲁国大名鼎鼎的史官左丘明和他的《国语》，这不但需要勇气，而且需要有真实见地。柳宗元自己就认为，写文章最重要的是要有真知灼见，如果能做到这样，即使文章有其他毛病，也只是白璧微瑕（《与友人论为文书》）。相反，如果只追求辞章文采而罔顾事实，则相当于用锦绣文章覆盖陷阱（《答吴武陵论〈非国语〉书》）。这都体现了他“文以明道”“辅物及时”的主张。读他的这些作品、主张以及著名的《封建论》，你不能不感到，这是一个有着高度忧国忧民情怀，思想深刻深邃而又极具悟性才情的人。韩愈对他遭遇的深表惋惜，以及对他的文章可以流芳百世的预见，不是没有道理的。永州，因了柳宗元在中国古代思想、文坛上的重要贡献，至今还散发着无穷的历史韵味。

这片土地可谓河山俊秀，孕育的名人众多。怀素和三国人物黄盖、蒋琬是零陵人；周敦颐是道州（今道县）人；李达、唐生智、蒋先云和陶铸，则分别是零陵、东安、新田和祁阳人。离开永州前，我还特地参观了李达故居。想起他作为中共创始人之一，又是毛泽东的早年朋友，“文革”时身陷囹圄，当毛泽东视察武汉的时候，不得不向其发出求救信，却石沉大海，我自是感慨良多，心中不由默念起柳宗元永州所作的那首著名五言绝句：

千山鸟飞绝，万径人踪灭。
孤舟蓑笠翁，独钓寒江雪。

这是希望，还是内心孤寂绝望的真实写照？或者两者都有？

王朝显现的迹象

北京城内的故宫，旧称紫禁城，在世界享有盛名，如今每年到这里参观的中外游客，高达一千数百万人次，2012 年甚至还创下过单天 18 万多人次的高纪录，堪称世界之最。故宫是中国历史上最后两个封建专制王朝的皇宫，所以得到了很完整的保存，它也是中国现存规模最大的古建筑群，凝结了明、清两代建筑艺术的全部精华，且体量宏大，结构繁复，布局严整，壮丽辉煌。这座占地 72 万多平方米的皇宫内，仅屋宇就有 9000 余间，建筑面积约 15 万平方米，四周宫墙长达 3400 米。故宫博物院所藏的无数珍贵文物，令世人眼花缭乱、叹为观止。

那日，我从皇城正门（天安门）进入，穿过端门、午门及太和门内的太和、中和、保和三大殿；再穿过乾清门内的乾清宫、交泰殿、坤宁宫，并兼及观赏中轴线两侧宫、殿、院、花园，最后从北面的神武门出。刚出得门来，正感觉到人有些疲惫，神武门外的景山便映入了眼帘，脑海立刻浮现出崇祯皇帝当年在煤山（即今景山）自缢的画面。

不错，身后这座锦绣壮丽、壁垒森严的皇宫，正是中国历史上最后两个封建专制王朝画上句号的地方，分别见证了它们曾经的辉煌，和无可避免地走向衰亡败落的历史过程。故宫，从明朝第三位君主朱棣永乐四年（1406 年）开始兴建，十九年（1421 年）正式将都城自南京迁来，到 1924 年已退位的清朝最后一个皇帝宣统被冯玉祥军队逐出皇宫，其间共经历了 518 年时间。在 500 多年的星光岁月中，多少皇权争夺、帝妃争宠、宫廷暗斗、兄弟残杀的血腥故事曾在这里轮番上演，又有多少震惊朝野的事件和深埋宫墙底下的谜案秘史在此发生。今天看来，真可说是游人莫向宫墙望，帝业如烟梦一场。

《三国志·吴书》里有一首童谣："宁饮建业水，不食武昌鱼；宁还建业死，不止武昌居。"汉末社会为什么会流传这样的说法？据称是因为武昌土地"实危险而瘠确，非王都安国养民之处，船泊而沉漂，陵居则峻危"。（注：此武昌指今天湖北鄂州。）而建业（即今天的南京），却自古因为有王气，埋金以镇，故称金陵。孙权在武昌建都当年的秋天，就迫不及待地迁都建业，估计风水一说是重要原因。可照我看实际情况却并非如此。我认为，当年朱棣决定将明朝都城从南京迁到北京，恐怕才是比较明智的选择。如果继续留在南京的话，难保明朝会有延续 276 年统治的命运。我曾在一篇文章中谈过个人的观察，南京自三国孙权算起，到东晋，南朝宋、齐、梁、陈，五代南唐，明代及太平天国和民国时期，都曾在此建都，可除去明朝外，均为比较短命的王朝（东晋略长些）。朱棣迁都北京，看来似乎是使明朝躲过了某种不吉利，统治时间相对得到延长。当然，它最终也没能躲过朱家王朝运数已尽的历史命运，且结束一幕上演得景况凄凉。

从统治中国社会的角度，清朝历史自 1644 年入主紫禁城算起，至 1911 年结束，应该是 267 年时间，经历了 10 位皇帝。而从努尔哈赤1616年建立金朝（后金）算起，清王朝经历的时间则是295年，共12位皇帝。它的前期，的确体现了少数民族突起力量的霸气、强悍，特别是康、雍、乾三朝，甚至呈现了所谓的盛世繁华。可自乾隆后，嘉庆、道光、咸丰、同治、光绪五朝，基本是一朝不如一朝；宣统3岁登基，在位仅3年，自然不在话下。人们一般认为，嘉庆朝是清代命运转衰的起点。我基本同意这样的分析，但也认为阎崇年先生的观点很有道理，无论从大历史眼光看，还是从本朝的内部情形分析入手，账还应该从乾隆朝开始算起，危机其实在那时就埋下了。乾隆朝的盛世，可当作是清朝前期繁华的回光返照。跟《红楼梦》揭示的“如今外面的架子虽没很倒，内囊却也尽上来了”一样，正所谓“大有大的难处”，乾隆朝外表虽然光鲜，可内部潜藏的危机实际已经暴露了出来。其六下江南，铺陈张扬、劳民伤财，靡费不知几何。又据《清史讲义》载，乾隆宠臣和珅擅权二十余年，倒台后光从他家抄没的财产就达到10亿两白银，比清朝政府当时一年7000万两的岁入还高出20倍不止。也就是说，和珅个人一年聚敛的财产，就相当于清政府岁入的70%，同时也比法国国王路易十四两千余万的私产高出40倍还多。这难道不说明了，乾隆朝盛世之下，正掩盖着可怕的黑洞吗？“专制之弊，风节之堕，至是而极矣”（《清史讲义》）的评价，一点不为过。据乾隆末年人口调查显示，那时已较雍正及康熙时的人口增长了十倍以上，达到2.9亿。急剧增长的人口，极度铺张和官场腐败，使乾隆末年已经出现了国库亏损的严重事实，只是没有引起当朝重视。

从另一个角度看，乾隆朝还显现出这样一个重大危机：乾隆的17个儿子，病死或早殇的就占了12个之多。余下的5

个，除十五子（后来的嘉庆）外，又都因各种原因不受宠爱。乾隆选择十五子继承皇位，其实是没有选择的选择。造成清王朝开始走下坡路的嘉庆一朝，看来正是乾隆给爱新觉罗家族选择的平庸守成接班人造成的结果。

如果我们将清朝康熙、雍正、乾隆呈现的盛世期，用惊叹号，宣统的结束清王朝，用句号表示的话，问号的出现该是在哪里呢？很显然，是在乾隆朝。它在惊叹号之后，紧接着就是巨大的问号。

根据阎崇年《正说清朝十二帝》一书，我绘制出一个简表进行比照，觉得很有意思。下面列出其中几项：

从登基年龄看。十二帝中，天命汗努尔哈赤属开国皇帝，登基时已 58 岁，是个例外。其他 11 人，10 岁以下登基的有 5 人，分别为 8 岁 1 人，6 岁 2 人，3 岁和 4 岁各 1 人；20、25 岁各 1 人；35 至 45 岁之间 4 人。10 岁以下年龄登基的 5 个皇帝中，除了康熙，其他都作为不大。特别是后面 6、4、3 岁登基的同治、光绪、宣统，清王朝的统治就是结束在他们手上的，这里面除未成年登基外，又可看出他们背后一个特殊人物——慈禧的因素。

从在位时间看。康熙、乾隆分别为 61 年和 60 年；道光、光绪分别为 30 年和 34 年；嘉庆 25 年；其他 7 位均为十几年，不超过 20 年。特别是后面 4 个皇帝（其中光绪情况有点特殊），都算是短命皇帝。

从子女情况看。康熙最多，有 35 子、20 女；他以后的皇帝，大致呈现一个子女数越来越少的走向，到同治、光绪、宣统几位，干脆都变成了无子女，这似乎有些耐人寻味。清代帝王中，子女早殇的情况也十分突出。比如康熙帝，虽说有 35

子，可早殇（未成年即死去）的就有14人；20个女儿中，早殇的竟占了一半。雍正也是，10个儿子早殇的达到7个，4个女儿中更有3个早殇。乾隆有17子、10女，早殇的分别也达到了7人和5人。咸丰一朝，滑坡更明显，减至只有2子1女，2子中还有1个早殇（出生当日死）。他以后就是那3个无子女的皇帝。仅从这点看，清王朝似乎就有血脉不继的问题。

从属相看。12个皇帝中，属龙的3个，属马的也是3个，属虎的2个，属羊的2个，属兔的也有2个。全部集中在12属相的5个当中，且都在2个和3个的相互对称中，这也有些意思。

最后从皇帝死的地方看。顺治朝开始驻京，宣统不计，共9个皇帝，死在紫禁城养心殿的3个；死在承德避暑山庄的2个，还都是在烟波致爽殿；死在圆明园的2个；死在其他宫苑的2个。

总体上一路在走下坡路，是上述数据传递给我们的清楚信息，就像曹雪芹说的“忽喇喇似大厦倾，昏惨惨似灯将尽”。

如果从文学角度咀嚼、回味故宫里头500多年以来，各种走马灯似人物的命运史，也是《红楼梦》的一首《好了歌解》形容得最贴切和形象：

陋室空堂，当年笏满床；
衰草枯杨，曾为歌舞场。
蛛丝儿结满雕梁，绿纱今又糊在蓬窗上。
说什么脂正浓、粉正香，如何两鬓又成霜？
昨日黄土陇头送白骨，今宵红灯帐底卧鸳鸯。

金满箱，银满箱，转眼乞丐人皆谤。
正叹他人命不长，那知自己归来丧！
训有方，保不定日后作强梁。
择膏粱，谁承望流落在烟花巷！
因嫌纱帽小，致使锁枷扛；
昨怜破袄寒，今嫌紫蟒长：
乱烘烘你方唱罢我登场，反认他乡是故乡。
甚荒唐，到头来都是为他人作嫁衣裳！

东山西山两禅寺

我最早知道湖北黄梅县的名字，是因为禅宗六祖惠能，他是在那里一个叫东山寺的禅寺接受五祖弘忍大师衣钵，南下弘法，并创立了以顿悟为特征的南派禅宗。得知黄梅不仅是五祖，也是四祖的弘法地，则是晚近事。

后来，我又在一次寻找《武穆拳法》的电视节目中听到，黄梅县与岳飞有关联。南宋时期，当地乡民为保护岳飞后代做出过努力，因为特别憎恨秦桧夫妇，便创造出了一种面食品“油炸桧”——把两块面团搓成条捏在一起（象征秦桧夫妇），用刀背在中间砍一刀，再放进锅里油炸，即所谓“刀劈油炸”这种传统中国人表达泄恨的方式，并称这就是现在中国南北都流行的面食品“油条”的来历。这个典故，我以前也听到过，只是其源头另有说法。现在，电视节目说黄梅县是油条的最初诞生地，是否真有考证依据，不得而知。不过我想，民间的有些说法，人们感兴趣的是它的故事性，所以会相互传来传去，以至它最初的源头，到现在恐怕已是很难说得清楚了。广州方言现在还称油条作“油炸鬼”，据说也是因为这个故事。

等到我下决心去黄梅一趟时，打开地图一看，才知道它还比较偏，已经到了湖北东部地界的边上，过去一点就是安徽了。

从鄂州坐小车到黄梅大约是 130 公里的路程，有高速公路，其实也很方便。一路上见到湖北东部的农村，感觉比很多地方的农村似乎要好，村舍都是二三层或三四层比较齐整的小楼房，几乎看不到什么简易破旧的泥瓦房，或东倒西歪的茅屋草棚之类。回程大概是在燕矶镇附近吧，还看见一处村庄，全部是漂亮的别墅型建筑，一眼看去，审美品位甚至超出我们在不少大中城市见到的所谓豪宅，其布局规划和建筑的颜色、式样、装饰，都显得十分和谐，使人赏心悦目。从路旁标示知道，那原来是被称为湖北新型农村的示范样板。

那天车下高速公路，通往黄梅县城的笔直大道出现在眼前时，也让我吃惊不小，其超出常规的宽阔与气派，压根就和一个偏远部位的小县城联系不到一块。进入县城后，始见其规模，实在也不能说小，正在开发建设的区域，还可用高楼大厦林立形容。

东山寺在黄梅县城东北约十来公里的东山山腰上，又名东禅寺，属五祖镇，现名五祖寺，是中国佛教禅宗第五代禅师弘忍的弘法道场，由弘忍亲自创建于唐永徽五年（654 年）。据称唐宋鼎盛时期，这里有殿堂楼阁千间以上，僧侣多至一千数百，先后出了百来名高僧，在中国佛教历史上享有重要地位，曾被 5 位帝王御赐寺额牌匾，号称“天下祖庭”。五祖寺一名，源于元文宗所赐寺额“东山五祖寺”。整座古建筑群依山而建，交错盘桓，辉煌壮观，几经兴废，现仍保留有 3 万平方米建筑面积的规模。

东山又名冯茂山，因状如凤凰展翅，当地人又称凤凰山。站在寺旁朝山下望去，但见东山现已林木稀少，不远处一台掘土机停放着，四周更是秃了一片。寺内有一株青檀，孤零零立在一旁，据说有1300多年树龄，为弘忍亲手所植。弘忍是黄梅县本地人，俗姓周，生于602年，675年圆寂。弘忍大师的门人有七百多，神秀和惠能为其中的佼佼者。二人后来分别创立了禅宗的两个支脉，一支为六祖惠能的南派禅宗，另一支为神秀的北派禅宗。我们细看惠能和神秀当年各自所作的偈子，即可大致窥见二人对阐释、发扬禅宗的不同感悟方式——所谓的“渐悟”和“顿悟”。

神秀的偈子是：“身是菩提树，心如明镜台。时时勤拂拭，莫使惹尘埃。”

惠能的偈子是：“菩提本无树，明镜亦非台。本来无一物，何处惹尘埃。”

弘忍大师认为惠能所作偈子的慧根要更高，决定将衣钵传授给他，并嘱咐他快些离开，往南走弘法之道，遂有以后的北派和南派之分。神秀所作偈子，本来无可厚非，完全是禅宗感悟的正常路径，且他的偈子作于前，因而说是他给惠能创造了超越他自己的条件，也未尝不可。后来南派成为正脉，在我看这是很值得研究的一件事，中间有关传统中国文化的消解力，应该是一个重要内容。

从五祖寺下得山来，是一大片新建不久的徽派民居建筑群。小憩并午餐后，我们便赶往四祖寺。它位于黄梅西北十几公里的西山之中，原名正觉寺，又名双峰寺，是中国佛教禅宗第四代祖师道信的道场，创建于唐武德七年（624年），属中国禅宗的第一所寺院。道信大师俗姓司马，家族世居河南沁阳，后迁蕲州广济（今湖北武穴市），道信本人出生于今武穴。该寺也历经毁坏与复修，于1995年重建，占地90多亩，建筑面积15,000平方米。

通往四祖寺的山路，明显要比去五祖寺的好。尤为不同的，是四祖寺不但不收门票，进去点香还是免费的，游人和香客可自取，只要求不超过3支。南来北往去过那么多的寺庙，说真的，这在我还是第一次，多少感觉有些诧异，心中也觉格外舒坦。载我们的司机是鄂州人，以前到过这里，他给出的解释是，四祖寺善缘好，捐助者众多，故无须像别处那样收费。这固然解释了何以不收门票，但点香可以免费，又该做何解释呢？须知那不仅是不收，而且还是赠予，这恐怕就和寺院管理者的观念有关系了，我心下琢磨。我特别希望有更多的佛教寺庙，能像四祖寺这样，给信仰和文化本该属于它的一份清净、干净和神圣，而不太过于执“利”，甚至“利”字当头，让该长信仰的地方长信仰，该长钱的地方长钱。

四祖寺现存多处古迹，其中道信大师的真身舍利塔——毗卢塔，坐落在寺西侧的西岭岗，需沿陡峭的石阶登一段不短的山路，到达山腰上的一处平台方可见到。塔身不小，为仿木构造的亭阁式砖塔，单层四门，建于唐永徽二年（651年），据称为我国现存唯一历史较早、保存最好的砖造四门塔中之精品。塔的背后，仍是陡峭的石阶登山道，抬头仰望，只见其一直延至崇山群峦间那座颇为壮观的传法洞建筑群。

因石阶山路较陡，那天下午的阳光又特别热，登这样的山路，人显得有些吃力，不时要停下喘气，汗也渐渐沁了出来。看看已近预定的返程时间，我不得不在塔后登山石阶前止住了犹豫半天的脚步。

名人辈出的黄冈

提起湖北黄冈，很多人首先想到的是这几件事：那里有个“东坡赤壁”；是林彪的家乡；黄冈中学在全国名气很大，俨然成了高考效率的代名词。

其实，黄冈是一座历史悠久的古城，远在战国时期，就已经是楚国属国——邾国的都城了，后与楚国一起被秦所灭。刘、项灭秦后，项羽封吴芮为衡山王，汉文帝时又封刘勃为衡山王，吴、刘均曾在此建都。黄冈当地人称这座古城为禹王城，其具体位置，在今黄冈市靠北的一处台地，上面早已覆盖着成片交叠错落、半新不旧的民居，一鳞半爪的菜田和蜿蜒残破的村道，不时折转在民居的墙角旮旯之间与屋檐宅门之前，如果不是当地居民说，这一片就是从前古城所在的地方，你还真不知道要往哪个方向继续找呢。只是在离开台地不久后，我们才在公路附近看见了一座牌坊，上面写着“禹王城”三个大字。对“禹王城”这个称呼，我始终有些纳闷，不知它起源于何。经翻阅历史资料，才发觉另有一说：此城即是邾国故城，俗称“女儿城”，“禹王城”的说法或是讹传。唐代，黄州及黄冈县迁此，明、清改州为府，民国初年废府存黄冈县，1990 年撤县设市（见张轸《话说古都群》）。

黄冈的另一处古城遗址，位于西门外龙王山麓“东坡赤壁”，面江依山，山坡上现存有一小段宋代城墙遗址，城门楼——月波楼仍保存完好。拾级而上，穿过厚厚的城门，即可见到窄窄的街巷两旁，尽是密密麻麻的屋宇，想来从前城内肯定是另一番景象。

黄冈地处长江之畔，是中国古代吴、楚文化的交汇地带，又紧邻九省通衢的大城市武汉，得交通、信息畅达之便，从古至今出的名人非常之多，且涵盖了宗教、政治、军事、科学技术、文化教育、文学艺术等各个领域，群星璀璨，蔚为壮观，几与中国名士之乡浙江绍兴地区相媲美。

以黄冈现行行政辖区为范围，对社会历史贡献特别大，或者社会名望特别高的人物，其诞生地大致分布如下。

宗教方面：中国佛教禅宗四祖道信（武穴市）、五祖弘忍（黄梅县）。

政治方面：中共一大代表董必武（曾任国家代主席，红安县）、陈潭秋（黄州区）、包惠僧（团风县），国家主席李先念（红安县）。

科技方面：宋代活字印刷术发明人毕昇（英山县），明代医圣李时珍（蕲春县），现代地质科学巨人李四光（团风县），中科院院士、两弹一星元勋彭桓武（麻城市），中科院院士、物理学家李林（团风县）。

文化教育方面：国学大师熊十力（团风县）、黄侃（蕲春县）、汤用彤（黄梅县），现代经济学家、教育家王亚南（团风县），哲学家、史学家汤一介（黄梅县）。

文学艺术方面：著名诗人闻一多（浠水县），著名文艺理论家胡风（蕲春县）。

军事方面：数量最为庞大，共出了两百多名开国将帅，主要集中在红安县和麻城市，其中包括著名战将王树声（麻城市）、陈锡联（红安县）、韩先楚（红安县）、秦基伟（红安县）、陈再道（麻城市）、许世友（麻城市，但他家乡的部分已划归河南省）等11名上将。我母亲也是红安县人。

离开黄冈宋代城楼遗址时，出租车司机告诉我们，林家大湾可以去一下。听司机这样一说，我们的车子便折向了团风县的回龙山镇。李四光和林彪的旧居，恰在一头一尾，相隔很近。

也许是村民所为，原来这里真是在对游客开放的，进门还收费。那天来参观的人很少，说真的，还没有村子中间来回走动的当地村民多。

进村子后才看到，其实这里除了村口处建有一幢较大的军事博物馆外，里头其他老宅旧屋，基本上保留了从前农村屋宅的原貌，看不出有什么大的整修和新建。林彪出生长大的旧居坐北朝南，回头向东处的大门，是锁着未开的。林彪本人自离开这里之后，一次也没回来过。

倒是林家的另两位人物——林彪的堂兄林育南和林育英，值得特别一提。

林育南是中共早期工运领袖，与恽代英齐名，曾任中共中央候补委员，中华全国总工会常委兼秘书长，湖北省委代书记，1931年在上海龙华遇害。

林育英也是早期工运领袖，中共六届中央委员会委员，满洲省委书记。1937年红军改编为八路军时，下辖3个师：115、120、129师；林彪任115师师长，林育英任129师政委（后由邓小平接任）。林育英因病于1942年在延安逝世时，举行了隆重的安葬仪式，毛泽东亲自提议由他和当时中央的主要领导为其执绋抬棺，此为毛泽东一生中的唯一一次。

我在网上查了一下林育南和林育英的经历和简介，感觉这是中共早期两位非常忠诚、优秀的人物，可惜英年早逝。

林家大湾保存有林育英故居。

回到酒店后，我随手翻阅房间内放着的一本黄冈旅游资料手册，里面除了林家大湾外，对黄冈区域内的人文及旅游景点的介绍还算全面、清晰，印刷质量也不错。最让人感觉有趣的是，这家酒店不仅有个“瓦尔登”的名字，客房内还摆放着一本美国著名作家梭罗的名著《瓦尔登湖》中英文对照本。酒店就坐落在黄冈市遗爱湖的湖畔，属于正在开发建设的新区，视野开阔、环境清幽。遗爱湖，取名自苏东坡当年在黄州所写的一篇《遗爱亭记》。客房很宽敞明亮，3 月下午的春阳，正万般娇媚柔和地透过宽大的玻璃窗照进来，投在房间各种器物之上，涂抹出淡淡的、温暖舒适的色调。靠在窗边的沙发上，我开始细细阅读百多年前那位遗世独立的美国作家，以极其淡泊宁静的内心给后世留下的那些优雅、平静的文字。

古城鄂州

鄂州和黄冈只有一江之隔。过江后我们径直去了古城路的吴王城遗址。

吴王城即三国东吴的武昌城，呈长方形，东西长约千米，南北宽数百米，位于长江的南岸。郭沫若题有“武昌门”三字的城门楼，还差一点就挨到江边上了。

东吴时代，吴王孙权从公安迁都于此，建城并取名武昌，寓“以武而昌”之意，后在此称帝。古城内原来还有宫城，现仅余为数不多的残迹。

东吴建都武昌，前后经历了两段短暂时间。一段是孙权称帝的时候，不过当年就还都建业了，武昌遂成为东吴的西都；另一段时间也不长，是孙权的孙子孙皓，在位时曾将都城回迁武昌，两年后又迁回建业。这两段时间，包括武昌作为东吴西都存在的时间，一共也就 10 年。

为什么会有如此的反反复复？前者据《生子当如孙仲谋》一书（南门太守著）称，是因为孙权在刘备去世、诸葛亮主政蜀汉后，为表示对盟约一方的尊重而做出的重大让步，意在表明自己无意在西面和蜀汉相争。后者据《话说古都群》（张轸著）称，是当时江东的一些大族借童谣反对。那首童谣即

《三国志》中记载的“宁饮建业水，不食武昌鱼；宁还建业死，不止武昌居”。

我的看法则是，前后两次回都建业，恐怕都和当时流行的这个风水说有关，认为武昌多有不吉利，建都自然更加不宜；童谣不过是风水说的通俗表达方式而已。这一点，《三国志》中有叙述。至于汉末为什么会有这种流行的风水说法，史书没有记载。我猜测，这或者和东吴政权的诞生，以及当时江南世家大族背景的牵连有关，编出这样的童谣，完全是出于这些大族为维护自身利益、抗拒迁都的需要。

但东吴前后两次在武昌建都，起因却是很不一样的。前者说明孙权具有非凡的战略眼光，将都城从公安迁至于此，既是决心继承父兄以武力创业的遗志，又有十分看重武昌在扼守长江防线的重要战略位置的原因。因为和曹魏、蜀汉不同，东吴的优势在于，可凭借长江天堑控制广袤的中下游地区，水军和水上作战又是他们特别的强项。而要充分利用自己的优势，长江防守的关口和军事指挥的中心，都应该尽量靠前；地点选择在武昌，就是非常明智的决定。再者，孙权如此年轻就继承父兄大业，成为东吴统帅，最初产生将武昌变为东吴新的政治、军事中心，以适度摆脱世家大族对自己羁绊的想法，也不会没有可能。事实证明，孙权一直到死前数年，也还是没能忘记武昌城。《生子当如孙仲谋》一书记述了这件事，说孙权晚年曾下令拆除武昌的部分宫殿，将砖瓦木料运到建业作为宫殿的修缮之用。这个在任何人看来都属有违常识的举动，看似令人费解，其实正好说明了孙权对当初放弃武昌就心有不甘，现在即使老了还耿耿于怀。在孙权拆除武昌宫殿动机的分析上，有一点我是认可作者观点的，即那并不意味着孙权已经年迈糊涂了，而是他在为自己消除身后隐患——我得不到的东西，别人也别想得到。孙权本人非常清楚自己的所作所为，只是旁人弄不明白罢了。

可到孙皓时代就并非如此了，他是因为惧怕西晋的武力威慑，才迫不得已将都城从建业迁回武昌的，一旦遭到了大族因利益所系表示的强烈反对，他便不得不再度回迁。

武昌在东吴之前，就是一座有悠久历史的古城了，它起源于夏商时期的鄂国。鄂立国于山西，到商代时鄂族南迁，来到了这片土地，始称东鄂。楚王熊渠时力量渐强，攻占了鄂国，封其子为鄂王，筑鄂王城，后建都于鄂，成为楚立国之始。

从“武昌门”进去，沿江修建了一个狭长的公园，里面辟有“鄂州文化长廊”，用 30 幅浮雕作品浓缩展现了鄂州的历史，涉及鄂州历史上六十余次重大事件和五十余位重要人物。一座老旧的观音阁坐落在离江岸很近的一个小洲上，被称为是“万里长江第一阁”，眼下正在维修施工。

据“鄂州文化长廊”介绍，西周金文“鄂”字作“噩”，状如鳄鱼，以其地多扬子鳄故名。对“鄂”字做这个解释，我认为似乎不够确切。因为“噩”字如果真跟鳄鱼，特别是跟扬子鳄有关联，那夏商时代就存在的鄂国，又该做何解释呢？湖北省的简称“鄂”，应该是和楚王建都于鄂，即鄂王城有关。而这个鄂，最早可追溯到夏商时代起源于山西的鄂国；它虽然和鳄鱼也有关系，却不主要指现今的扬子鳄，而是远在山西汾水流域的鳄鱼。那个时候山西的鄂族，极有可能是以捕汾河鳄为业的民族。

武昌郡在南朝宋时被迁至夏口，也就是今天的武昌所在地，而武昌县还留在原处。后来改为寿昌县，又改为鄂城县，

1983 年改为鄂城市，次年改鄂州市。

沿江边公园走去，一路建有楼、廊、亭、阁等仿古建筑，梅、桃及各类花草树木不时点缀其间，红白绿墨、交相辉映。更有一座大型雕塑立于江岸，那是东吴大帝孙权佩剑的全身塑像。

《生子当如孙仲谋》的作者，对三国这一时期的有关史料收集研究做得比较细致，因此书中对孙权论述及评价的可信度比较高；该是历史事实的，作者想方设法找到有说服力的史料根据，没有充分根据但又存疑的地方，则说明是自己的猜测或推论，这是实事求是的态度。

我特别注意到一点，在写关羽被杀，刘备为了复仇，准备与孙权决一死战时，作者提出了一个有代表性的历史疑问，即以诸葛亮的聪明才智，他对刘备复仇行动可能带来的巨大风险不会不清楚，但从头到尾没见站出来说一句话，既不表示反对，也没表示认同，这似乎有悖诸葛亮为人处事的风格，也和他具有的身份不符。

应该说，我看三国历史时，也有类似疑问。作者在书中提到，清乾隆皇帝读《御批通鉴辑览》时，同样打过“诸葛亮在隆中对策中说过，孙吴可以作为外援而不能讨伐，为何他却不出来制止”的问号。

对这样一个问题，作者是如何看的呢？他给出的分析有两点。诸葛亮是孙刘联盟战略的提出者，对孙权的突然背叛盟友，诸葛亮处境尴尬，不便言说，此其一。其二，刘备手下许多故旧是荆州地方人，都有强烈的复仇愿望，诸葛亮自知反对的阻力太大，所以索性不发表看法。

作者的这个分析，我认为过于牵强了，很难令人信服。因为无论从诸葛亮的身份地位，还是他个人对刘备的忠诚程度，明知这样干很危险，却不站出来劝阻，将个人得失放在蜀汉国的利益之上，似不符合诸葛亮的人品性格，即便他是孙刘联盟战略的提出者也如此，不可能会因尴尬而发生缄口的情形。事实证明，战败后的刘备，以及刘备死后诸葛亮主政，都有和孙吴恢复联盟的举动，这就充分表明尴尬一说根本不成立。而仅仅因反对的阻力大就咽话吞声，也不是诸葛亮的性格。

我的看法是，如果历史上真的存在诸葛亮在蜀汉存亡的关键时刻，没有站出来反对或劝阻刘备的话，那么真实情况就只有一个：诸葛亮自己也是主张与孙吴拼死一战的。其中原因，根本的还在孙权背叛了联盟这点上。因为荆州一失，诸葛亮利用孙刘联盟的整个算盘实际上就已经被打乱了，蜀汉仅凭手中的益州，是很难再有施展空间的，更不要说实现一统江山的宏图大业了，充其量只能作为偏于一隅的地方割据势力，而这是诸葛亮所不愿见到的。可以说，同是主张与孙吴决战，刘备不过出于简单的复仇愿望，诸葛亮却不是，这是他们二人的根本区别。

孙权的过人之处，在知人善任，特别是对年轻一代的将领，善于大胆起用，其中陆逊为典型代表。关羽之所以丢失荆州、败走麦城，一个重要原因就是吕蒙向孙权推荐起用了不知名的陆逊，造成关羽的疏忽大意。后来的夷陵之战，让刘备狠栽跟头的，还是因为这个人物的闪亮登场。前一次蜀汉没有警觉也就算了，后一次实在不应该。

说到湖北省的简称“鄂”，还有一段小小插曲。一次我和一位湖北籍的年轻企业家喝酒聊天，话题说到了各地对湖北人的看法，大概就是说话比较多，言辞比较激烈，声调比较高的意思吧。不想这位年轻企业家脱口而出说了这么一句话："鄂"字的构成是两张"口"，一个"耳朵"，底下一个"亏"字，说明湖北人吃亏常常在说得多，听得少。我听了不觉哑然一笑，似乎有那么点道理，也真是太凑巧了。

不过，话要说回来。湖北很多地方我都去过，有的还生活过不短时间，并不是境内所有人的这个特点都很突出，其东西南北的性格以及语言都存在差距，有的差距还相当大，相对说来，武汉一带的人这个特点会比较突出些。武汉人的性格特征，被放大到了整个湖北省，这也许和武汉作为中心城市及处于南北交通要道的地理位置有关系吧。

颐和园的叹息声

游颐和园的经历，到目前为止我有两次。对这座声誉始自明代，清乾隆以后，更以万寿山清漪园之名，与当时圆明园、畅春园、玉泉山静明园、香山静宜园合称为“三山五园”的北京著名风景区，不知为何，游览的时候，我心境都不算太佳，以至无论波光粼粼、垂柳依依的昆明湖，还是沿湖七百多米长，彩画连梁、美不胜收的长廊，都无法减缓我略带沉重的心情。

想来这其中的原因，都和那个人们最不情愿联系到的女人有关。她，就是执掌中国晚清政权长达半个世纪时间的慈禧太后。

从读书年代，大多数中国人就知道了，颐和园内现在所具有的规模和三千多间园林、寺庙、宫殿建筑，大都是慈禧于光绪年间挪用海军军费修建的结果，连名字也是那时候改的。而6年之后，中国这个老大帝国，便在与日本的交战中，蒙受了奇耻大辱，北洋水师全军覆没。在中国人眼里，这成了慈禧罪恶的一端；颐和园的名字，也因此连着甲午中日战争这段令人倍觉屈辱的历史。

慈禧对颐和园是情有独钟的。据说她一年中的大部分时间，都住于此园。园内的乐寿堂，即是她当年的居住之地；东宫门内的仁寿殿，则是她和光绪皇帝朝政的场所。辛亥革命南北停战议和时，在优待清帝逊位的条款中，原来还有“暂居禁宫，日后移居颐和园”一条，可见颐和园对清王朝的重要性，以至于民国初年，溥仪还将其作私家财产对公众售票开放。直到 1924 年，颐和园才改为公园性质。

提起慈禧，这个人物身上的谜团自然不会少，其中最引人猜测议论的，主要有 3 个。一是关于她的身世；二是慈安太后之死和她有没有关系；三是光绪皇帝之死和她有没有关系。

让现代人尤其感觉扑朔迷离的，还是第一个，即慈禧的身世之谜。

不久前，我曾在一个电视节目中听到，有专家学者认为，慈禧并非以前所说，是从满族官吏家中通过选秀进入皇宫的，而是她原属汉人，是满族官吏为避免自己女儿被选中入宫，花钱买汉人子女冒名顶替的。证据之一，是慈禧晚年留下的一张照片中，裙裾底下不小心露出的一只脚，能让人看出明显带有缠足的痕迹，不然不会有这个尺寸，这说明她原本是汉人，后来放的足。一些研究者又称，在清代宫廷遗留的档案资料中，也可以找到一些慈禧冒名顶替的蛛丝马迹，说慈禧曾在不同场合，向人倾诉过自己小时不像姐姐那样被母亲宠爱，而是受到歧视。从这番话语透漏的信息，人们也隐约可得出慈禧是满人从汉人家里买来作为养女的分析。

比上述说法更玄的还有。据闻西北某省农村一户普通农民，竟然在家中搜出了从前慈禧从宫中偷偷捎给家人的来信，虽然都已经成碎纸片了，连缀起来，字里行间还是可大约辨认出是慈禧本人的亲笔信。总之，慈禧原属汉人的传闻，几乎都说得有鼻子有眼，绘声绘色，让人听起来确信那就是事实。

对此，我比较相信复旦大学历史系原教授沈渭滨先生研究的结论。他在《政治女强人慈禧》一书中，排除了各种野史传闻，明确提出，慈禧祖籍叶赫，是满洲镶蓝旗人，即现在吉林省梨树县一带人，道光十五年（1835 年）生，祖上三代是清朝中级官吏，后家道中落，于 17 岁那年被选秀入宫，因为机警聪颖、略通书画，加上年轻时确有三分美貌，入宫不久就由兰贵人而懿贵人、懿嫔、懿妃、懿贵妃一路上升，到咸丰皇帝一死，更是母以子贵，被封为“圣母皇太后”，迈向了通往权力巅峰的重要一步。

沈先生的书，对慈安和光绪帝的死因，也表明了自己的看法，认为慈安究竟是病死还是被慈禧所害，属晚清史上的重大谜团，至今无法真正揭开，作者也不好妄下结论。而光绪帝的死，作者则认为不属慈禧加害，而确确实实是因病导致的正常死亡。

这本书是 2011 年 12 月出版的。而此前的 2008 年，“清光绪帝死因”专题研究课题组在对外发布的报告中却称，专家们利用现代专业技术手段，选取光绪帝的头发、遗骨、衣物等样品，经反复检测与缜密分析，最终得出的结论是：光绪帝死于砒霜中毒。但究竟是被何人毒死的，有待研究（据阎崇年《正说清朝十二帝》，2010 年出版）。

这样看来，2008 年所谓百年谜团的破解，事实上还没有真正破解，学者仍有存疑。我的看法是，如果课题组专家的研究属实，那么不管是谁真正动的手，背后下令毒死光绪的人，肯定非慈禧莫属。因为这首先就涉及谁手中会有这个权力。我们知道，光绪帝被囚禁之后，所有被允许靠近光绪的人，以及光绪日常所有的安排，包括饮食起居，都是由慈禧本人亲自下达懿旨的，没她的许可，宫内任何人都不可能擅作主张、自行其是，更不要说事关光绪帝性命这等大事了。二是从毒死光绪的主观动机上看，最希望光绪死，或者说光绪死受益最大的人，应该就是慈禧。慈禧当然会这样想，一直在压制光绪帝的人，就是她本人，万一她死在了光绪前面，麻烦不就大了吗？最直接的结果，便是帝党的猛烈反扑和清算。像她这样的强势女人，怎么可能愿意见到这个结果？所以必须未雨绸缪，抢在前面痛下杀手。

我不清楚专家结论的全部细节情况，在我个人看，光绪的死，极有可能最先只体现为一个慢性残害过程，其中就包含有慈禧预作打算和见步行步的考虑。她是一个工于心计、老谋深算的人。

由此，我们还不难得出另外一个判断，那就是慈安的死，也跟慈禧有关！因为慈安不但是慈禧卧榻之侧的威胁，而且据说手中还持有咸丰帝当年给她的“尚方宝剑”。精于算计的慈禧，自然也不会不懂得这对她意味着什么。

一旦我们把这两件事情摆在一起，就可以看见其中一条清晰的连接线——慈禧喜专权，容不得有人动到她权力的这块“奶酪”。

沈渭滨先生研究慈禧将近30年，对这个人物的了解很深入、全面。书中，他一方面认为慈禧确有很多问题，可归为“问题女人”一类；另一方面，也不同意人们将其一棍子打死，认为她在历史上毫无可圈点之处。研究历史持这样的方法，我认为是可取的。不过，对其中的一些观点和论述，我却不敢完全认同。

一是作者认为，以“甲申易枢”（即罢免恭亲王奕䜣等要员职务，改组军机处）为界限，此前的慈禧，“尽管有不少失误，但仍然不失为中国历史上有作为、有魄力、有进取心的政治女强人”。世人对其指责诟病，大多不过集中在“甲申易枢”以后。

作者之所以对慈禧给出这个评价，一个重要原因，是他认为清朝同治年间最终平定了太平天国和捻军之乱，实现了所谓的“同治中兴”，慈禧是有功劳的，她在起用汉人官吏，尤其在重用曾国藩、左宗棠、李鸿章这些人的事情上，体现出了战略眼光。

我认为，以这样的理由做下这番结论的依据，并不坚实。因为历时 14 年之久，影响波及 14 省之广的太平天国运动，清廷平定它的工夫，大部分还发生在咸丰朝，到同治朝其实是利落地收尾。而且，自咸丰六年（1856 年）“天京变乱”发生后，太平天国事实上就已经开始急剧走下坡路了，虽有陈玉成、李秀成这两位骁勇善战的后起之秀，毕竟也只是强弩之末。且陈玉成在同治元年即被清军捕杀，李秀成又因洪秀全的原因返回天京，等于自投罗网，只能作困兽斗，毫无翻牌的机会。

再说清廷起用曾国藩，也是开始于咸丰朝的事；左宗棠擢升为浙江巡抚，事发咸丰十一年（1861 年）底；李鸿章受江西巡抚，事在同治元年（1862 年）。所以，将平定太平天国之功最后都简单归于慈禧身上，与实情不符。

就是对“甲申易枢”之后的慈禧，沈渭滨先生似乎也在尽力为她的历史贡献找凭据，认为慈禧“敢于在政治体制上进行改革，尽管主观动机上别有所图，客观上却是提高了人民的政治意识，特别是近代知识分子和士绅参政议政的权利，削弱了中央集权，有利于地方自治，对于从根本上动摇君主专制制度，起到了动员和鼓舞的作用”。

这样高的评价，我以为更是不知从何说起。也许作者忽视了清朝末年整个中国的社会背景，尤其是甲午中日战争中国战败的惨痛教训，早已激起了中国先进知识分子和广大民众变法图强的社会浪潮，清政府的卷入，完全是被动和迫不得已的，且还尽一切可能进行抵制。因此，动员、鼓舞动摇君主专制制度的力量，不可能来自慈禧为代表的清朝政府，而只能来自被时代唤醒的中国人民。

在这整个过程中，中国发生的多少事情，是曾经和颐和园有着千丝万缕联系的。“戊戌政变”的那天清晨，慈禧正是从这里乘坐皇家马车一路急奔赶回了紫禁城，至此百日维新宣告失败，光绪帝被囚禁在瀛台，开始了长达 10 年失去人身自由的孤苦生活，仅仅作为一个傀儡而存在。

1927 年，晚清和民国初年的著名学者、文学艺术家，《红楼梦》研究权威，《人间词话》的作者王国维，也在这里的昆明湖投湖自尽。

身处颐和园迤逦的湖光山色中，耳畔不时响起的，就是这历史深处一声声沉重的叹息。

京华春梦汴河东

玉京曾忆昔繁华，万里帝王家。琼林玉殿，朝喧弦管，暮列笙琶。

花城人去今萧索，春梦绕胡沙。家山何处，忍听羌笛，吹彻梅花。

这首词的作者可不是一般人，而是在“靖康之乱”中做了金人囚徒的大宋皇帝赵佶。

和五代十国的南唐国主李煜极其相似，宋徽宗也是个喜弄文墨之人，不仅懂诗词、绘画，书法上更以独特的“瘦金书”而在史上留有名气，可做皇帝却十分不合格。徽宗在位时耽于道教，荒废朝纲，使蔡京、童贯等权臣奸相大行其道，本人又极贪欲豪奢，为个人享乐大肆营建宫殿庭院，导致民怨沸腾，在金兵第一次南下（1125 年），动摇到北宋根基的当儿，他传位给太子赵恒（钦宗），自己做了逍遥的太上皇；金兵第二次南下（1126 年）攻破汴京后，他和钦宗同时被俘北上，给大宋江山背上了耻辱之名，自己也死在了离京城千里之外的五国城（今黑龙江依兰）。有意思的是，李煜当年被宋太宗囚禁的地方，正好就是宋徽宗被俘北去后思念不已的汴京。

欧阳修《五代史·伶官传序》，在总结后唐庄宗李存勖因沉溺酒色、宠信伶官而至“身死国灭，为天下笑”的历史教训时，有一句著名言论：“忧劳可以兴国，逸豫可以亡身。”用此语点示李煜、赵佶的悲剧，看来也十分合适。

李煜最好的几首词，无非是《虞美人·春花秋月何时了》《浪淘沙·帘外雨潺潺》《相见欢·林花谢了春红》和《相见欢·无言独上西楼》这么几首，说明李煜词写得好，除了他本身在文学上有一定素养外，亡国并成为别人阶下囚所体会到的深切哀痛，也是重要原因。

赵佶的这首《眼儿媚》也一样，词中也是用汴京宫城往昔繁花似锦的描写，来衬托自己身陷异邦囚牢，“春梦”如今只能“绕胡沙”和回望“家山”“忍听羌笛”的悲伤，从而传递出一种撕心裂肺般的深哀巨痛。除了这首词，赵佶另一首写得较好的词是《燕山亭》，同样是国失家亡、不堪回首的泣血之书。

两首词中，北宋京城的描写虽都只有寥寥数语，可开封在北宋时期的繁华景象，还是能透出纸背。

翻阅孟元老《东京梦华录》这部描写北宋首府汴京景况风物最详尽也最具权威的书，我们更可以看到，开封当年繁华富庶和热闹非凡的景象，竟到了何种程度，宋徽宗词中“琼林玉殿”“万里帝王家”的用语绝非夸张，甚至可说不及具体情况的九牛一毛。

如书的《东角楼街巷》一篇，就有一条关于全是金银彩帛交易街巷的描写，这条街巷名叫“界身”。文中说，那里“屋宇雄壮，门面广阔，望之森然。每一交易，动即千万，骇人闻见”。而其东边街北潘楼酒家一带，五更时就上市了，

"买卖衣物书画，珍玩犀玉"，天亮以后，街上摆卖的东西，从令人眼花缭乱的特色小吃零食，到玩具及各种日用品，几乎是应有尽有。尤其令人惊讶的，是勾栏瓦舍的数量，完全超出了今人的想象力，竟然有 50 余座之多，而且最大的两座，甚至可容纳几千人！

《酒楼》一篇也很有意思，说京城里光高档酒楼就有 72 家，档次差一点的多到难以数计。其中丰乐楼"三层相高，五楼相向，各有飞桥栏槛，明暗相通，珠帘绣额，灯烛晃耀"。大多数酒楼瓦市，无论"风雨寒暑，白昼通夜"，都是一样的喧腾热闹。京城妓馆的生意兴隆，自然也不在话下。其中提到"任店"一带的酒楼，往往是进去后一条百余步的长廊，靠墙两侧，站满了浓妆艳抹的妓女，多达数百人，供客人呼唤。

这样一幅繁华无比、市井喧闹的画面，今天的人们，也可在张择端那幅旷世之作《清明上河图》中窥见一斑。

香港人赵广超醉心于《清明上河图》的研究和鉴赏，多年前写了部详细考据此画的笔记性著作，随书附有原作（高 24.8 厘米、长 528.7 厘米）的缩印件。也是因为《清明上河图》这幅画的原因，我第二次去了开封。

第一次去，是 20 世纪 70 年代初，我刚 20 岁。那次因为一件紧急公务，我傍晚前到达开封，夜幕降临前就把事情办好了，第二天一早赶到龙亭转了会儿，照了张相，便匆匆离开了开封市。

第二次去，已是时隔 30 来年。这回则是因为相识的一位做唱片的企业老总告诉我，他请作曲家史志友先生刚刚完成了以《清明上河图》为主题创作的一套高胡演奏曲子，准备发行唱碟。我听后非常兴奋，当即萌生了将其作为舞台艺术节目演出的打算。尽管当时我还没有看到样碟，但为构思好作品演出的形式，还是专程去了趟开封的《清明上河图》主题公园。恰好也是这时候，我得到了一册赵广超的笔记作品，便带在身边，好利用途中的空暇阅读。

第二次到开封也只一天，甚至没过夜。因为主题公园让我很失望，觉得没有什么值得借鉴之处，遂草草浏览一会儿就走了。不过，这次到开封，我专门又到龙亭旧地重游了一番，路过了相国寺，中午还特地跑到很有名的“开封第一楼”吃了小笼包，遂了我几十年前就有的一个心愿。

我后来才得知，我的另一位朋友一听说我有将《清明上河图》搬上舞台的打算，就非常快地和香港舞蹈艺术团联系上了，计划将《清明上河图》以舞蹈诗的形式搬上舞台，仍用史志友先生创作的那套曲子。我听到后，自然就放弃了原来的打算。不过，香港舞蹈团创作的这台节目刚一杀青，我看过朋友专门送来的录像带后，还是提了些自己的修改意见。

从孟元老书中《河道》一篇看，北宋开封穿城而过的河流有 4 条，《清明上河图》中的河，应该就是由西至东穿越开封汇入淮河的汴河。而画中的那座桥，便是东水门外七里的虹桥。至于学者从画中细节揣度，认为《清明上河图》极可能反映的不是汴京清明时节的景象，“清明”一词，蕴含的不过是政治清明一说，我以为根据并不充分。因为孟元老书中《清明节》一篇，对清明节京师皇宫和民间的习俗，都有专门描写，并明确提到这一天的特点之一，是整个汴京“都城人出郊”；而从张择端作品的画面看，人群抬轿、结队而行的队伍，走向大多正是朝京郊方向的。如果不是为了描写清明，作者何不从四周人们蜂拥入城的角度着手？那似乎更有理由，也更有象征性意味。其次，从画中树木的情形看，也是北方中原地带的草木，经历寒冬之后刚刚抽出的新绿，和清明季节形成的气候特征基本吻合，只是叶片似乎略显细嫩了些。再次，张择端虽为宫廷画师，但他创作的这幅画，当时并没有被朝廷重视，在皇家编撰的画册史籍中也没能留下记录。这也说明，画作没有迎合朝廷的意思，它就是一幅生动描写京师清明时节市井风情的绘画。

开封这座著名的历史古城，在战国时期就是魏国的国都了，时称大梁；南北朝的北周时改称汴州；五代十国时成为朱温后梁政权的东京开封府。后晋、后汉、后周，先后在此建都，直到随后的北宋，开封发展到了巅峰时期，成为一座世界闻名的大都会。据史料称，北宋灭亡后，仅从明堂柱子盘龙上刮下的金屑，就有四百多两。随着北宋王朝的覆灭，不断的兵燹之灾，加上黄河改道后不断的自然灾害，古老的开封城，终于从它最辉煌时期的高峰，迅即跌落并退出了历史舞台，人口也从北宋时的150万之巨，下降至清末的不足16万。

我去过的龙亭，曾是北宋皇宫御苑的一部分，不用说当年会有多么富丽堂皇。站在高出地面70余级台阶的大殿之上，俯瞰四下，两次都让我万分兴叹的，是脚下这片土地，还不知道底下究竟埋了多少层历代毁了建、建了又毁的瓦砾堆。

青山横北郭

泉州以海滨邹鲁闻名，“此地古称佛国，满街都是圣人”，是宋代朱熹题泉州开元寺时对它的评价。初秋艳阳底下，漫步泉州市街道，既可以从坐落于市内规模宏大而古老的开元寺、文庙以及纵横在城内大街小巷的内河沟渠，感受到这里曾经的古城风貌；又可以从窄窄街道两旁尽是风雨剥蚀残旧的骑楼建筑，以及香火鼎盛的天后宫、关帝庙，感受着闽南人延续至今的风俗习惯和开放襟怀。想不到，被誉为中国道教名山的清源山，其实离泉州市区非常之近，就靠在这个城市北面的边上，而我住的酒店，离它的山门只有一箭之地。

资料介绍，清源山最早开发于秦代，唐代“儒、释、道”并存此山，还有伊斯兰教、摩尼教、藏传佛教等宗教活动踪迹，既属道教名山，又是多元文化名山。现在的景区，包括清源山、九日山、灵山圣墓三大片，总面积达 62 平方公里。其中清源山景区的面积为方圆 40 华里，主峰海拔 615 米。

清源山之名，源于这里泉水清澄。远远望去，感觉这山很矮，且山上的树木既稀且小，不像是一座有历史渊源的山。及至上得山来，才发现这是错觉，原来山上的林木并不稀少和矮小，山谷折叠的林间小道，不断将林木葱郁、鸟鸣山幽的清凉环境送到了眼前。

除灵山圣墓因是伊斯兰教创始人穆罕默德门徒三四贤人的墓地所在，故而在阿拉伯世界享有盛誉外，佛教活动在此山留下的遗迹，计有供奉“西方三圣”，即阿弥陀佛、观音菩萨、大势至菩萨的势至岩、弥陀岩、千手岩，和供奉有三尊藏传佛教三世佛石雕造像的碧霄岩，以及广钦和尚塔院、弘一法师舍利塔等。弘一法师晚年有十来年在福建弘法讲经，寓居泉州时曾数次在清源山小住，1942 年圆寂于泉州，塔内供奉的是其部分舍利，另一部分供奉于杭州西湖边上的虎跑寺。塔前一侧的岩石上，刻有法师的遗墨“悲欣交集”四字，另一侧的岩石上，立有一尊他的石雕坐像。据说，1997 年廖静文女士在泉州举办徐悲鸿画展期间，曾专程到清源山拜弘一法师塔，以“如冰雪之沉静，若皓月之光洁”评价弘一法师的一生。这个评价既中肯又形象贴切。

广钦和尚是泉州、台湾一带德高望重的高僧，据说为效仿达摩面壁证悟，曾在清源山的碧霄岩穴居 13 年，不食人间烟火，潜心苦修，下山之后回到了台湾的承天寺，1986 年圆寂。1992 年，在他百年诞辰之际，清源山修建了这座塔院。

从道教遗迹说，最使清源山吸引世人目光的，当然属于位于山脚下的老君岩，即那尊老子的造像了。

造像高 5. 63 米，厚 6. 85 米，宽 8. 01 米，席地面积 55 平方米，呈坐姿，是我国目前现存规模最大、历史最久的老君造像，一说可追溯至唐代，一说成像于宋。这是一位皓眉长须的老者形象，席地而坐，左手扶于膝头，右手轻置案几，面部表情从容自信、安然淡定。其最特别的地方，是没有雕刻出人物的眼睛。于是人们习惯称为“有眼无珠”，并据此认为雕刻者做这样处理的用意，恰是为了反映老子“无为而治”的一种理念。易中天先生在《走进清源山》中，就发了如下一通议论：“这位伟大的智者为什么竟然‘有眼无珠’呢？也许是因为‘大音希声，大象无形，大言不辩，大智若愚’，因此‘大视’即是‘无视’……”，并说“读清源山，要用眼，更要用心”云云。

恕我直言，对老君造像做如此评论，我认为既不确切，又失恭敬。我不知道，是不是所有到清源山来的人，尚未仔细辨认，就一律直观地认为坐像呈现的是“有眼无珠”？或者不假思索地盲目认同了别人的这种见解。我的看法是，老君这座雕像，基本是以老子理念为雕塑依据的，造像者想要传递给观赏者的重要信息，绝不是什么“有眼无珠”，而是老子的“闭目沉思”状。即是说，雕像人物并非双眼“无珠”，而是有意闭目不视，是老子在《道德经》第二十四章说的“自见者不明，自是者不彰”（爱自呈己见的人，遇事会看不明白；自以为是的人，逢是非反断不清楚），和在第四十七章说的“弗见而名”（“名”乃“明”字的假借，即不必眼见就能看清楚之意），故而有意用闭目沉思的手法做了巧妙处理。

再看造像其他几个特点，也十分明显。其一，是老子的双耳不仅奇大，而且是典型的兜风耳，说明他耳听八方，能网罗搜尽天下之事；其二，双唇微阖，体现的是“知者弗言，言者弗知”（《道德经》第五十六章，“知”即“智”的意思，指有智慧的人不多说话，多说话的人没有智慧）；第三，造像取坐姿，似乎也含着特别不同的用意，因为老子说过“企者不立，跨者不行”（踮脚而立的人很难站久，跨步前行的人不能远行，《道德经》第二十四章）。

我们试将《道德经》第四十七章全文录下，雕塑者对老君造像所要传递的信息，恐怕就更加清楚了。这章的内容是："不出户，知天下；不窥牖，见天道。其出弥远，其知弥少。是以圣人不行而知，不见而名，不为而成。"（圣人不出门口，就能知道天下事；不望窗外，就能知道天下道理。谁走得越远，谁反而知道得越少。所以，圣人不必行走就能到达；不必眼见就能看清，不必作为就可成功。）再联系到下一章，第四十八章中说的"无为而无不为"，呈现的就是一整套老子关于"无为"思想的清晰脉络。

我见过一幅北周天和三年（568 年）老君雕像的照片，跟清源山老君造像的差别很大，据此我推断，前面的雕刻者应该是北方人，后面的则极可能为南方人，因为造像鼻梁宽阔、颧骨凸出和眼窝深陷的特征十分明显。前面一尊面容清秀，后面一尊则是长须老者的形象。

中国社科院世界宗教所道教研究室编撰的《道教文化面面观》称，"三清"是道教天神中的最尊贵者。所谓"三清"，即玉清境清微天元始天尊，上清境禹余天灵宝天尊，太清境大赤天道德天尊。元始天尊源于中国古代神话中的盘古，灵宝天尊源于道教早期尊奉的太上大道君，道德天尊则源于老子的神话。

《中国道教史》（任继愈主编）进一步认为，"太上大道君"者，实由东汉五斗米道迷信天地水三官，尊奉"太清玄元无上三天无极大道"的最高神而来。而元始天尊，最早是晋葛洪在《枕中书》中，融合了汉族原有的三皇五帝传说神话，和魏晋以来南方少数民族流行的盘古开天地神话，自已新造出来的道教最高神"元始天王"。不过，到南朝时，在融合元始天王、太上大道君和佛教世尊名号与神格的基础上，新出现的“元始天尊”取代了“元始天王”，并上升为最高神。

至于老君岩又称羽仙岩，被认为那是老子出函谷关后，肉体羽化升天，由楚入闽，灵魂在清源山显圣的结果，我在访武当山时就已经说过，类似故事大抵都属后人杜撰。

海天佛国

若粗略扫描，你会发现，中国佛教四大名山在地理上的位置，横向除北面的五台山纬度略高外，其他三山基本处在一个大致的水平线上；纵向经度的间隔，由西向东，除峨眉山略显大些外，其他三山的间隔差都不很明显，普陀山处在最东端。

这座被称为“海天佛国”的佛教名山，是舟山群岛 1390 个岛屿中的一个小岛，面积接近 13 平方公里，因相传为观音菩萨的道场而闻名中外。

去普陀山要乘渡轮，码头上等待过渡的人和车都多，十分拥挤，岛上的游客可想而知。到过国内许多著名佛教寺院所在地的人，像普陀山这样游人密集的情况，也许并不多见。这也说明了，佛教信仰中，观音菩萨大概是在中国普通老百姓中享誉度最高的。

观音菩萨即观世音菩萨，是佛教中关于佛和菩萨、鬼神崇拜信仰的一个通俗形象，意在宣扬现实世界之上，另有一种神通广大的力量，可帮助人们解脱困厄、逃离苦难；其中观音菩萨更是大乘佛教所宣扬的大慈大悲的体现者，无处不在，无所不能，相当于芸芸众生的救世主。《中国佛教史》第三卷中《佛教信仰在民间的流行》一章，有专门介绍观世音信仰传入中土及流行情况的一节。根据书中介绍，观世音是梵文的意译，也作“光世音”，唐因避太宗李世民之讳，才略称“观音”。观音信仰在中国大面积地迅速传播，大约始自动乱的两晋时期。

佛教的菩萨中，除四大名山的普贤、文殊、地藏、观音外，为一般人熟知的还有大势至菩萨和弥勒菩萨。弥勒菩萨在佛经中属未来佛，但在很多场合，他已经是作为佛而存在。现今人们在不少寺院看到供奉的塑像，都是一佛二菩萨；佛为阿弥陀佛，即无量寿佛，其左为观音菩萨（代表佛的慈悲），右为大势至菩萨（代表佛的智慧）。

观音菩萨之所以最为普罗大众熟悉，我想，其解众生于苦难的职能之外，手持杨枝净水，慈眉善目、婀娜多姿、飘然若仙的形象，也是很重要的原因。因为自宋代以后，中国的观音形象便随着民族化和民俗化的加深，逐渐盛行女性化了，以至后世人多弄不清他原先的真实身份，其实他原本是男儿身，《中国佛教史》引《悲华经》说，他是无量寿佛的太子，第二太子则是大势至。该书又说，普陀山被作为观音净土，源自《华严经》，此经称观音住在南方的光明山，那里“处处皆有流泉浴池，林木郁茂，地草柔软”。这个南方的光明山，唐译“补怛洛迦”，又译“补陀落迦”。“补陀”，也就是今天的普陀山，山有普济、法雨、慧济三大寺；经书上说的洛迦，邻近处又有洛迦山似乎可以为证。

《中国佛教史》没有说明观音在中国民间何以被女性化的具体原因。我想，生育崇拜也许是其中一个因素。这位普度众生的菩萨，长期以来就是中国妇女，特别是农村妇女生儿育女发愿祈求的对象，社会上一直就广泛流传有“送子观音”

一说。

佛教在中土的传播，由于地域之广，和本土文化的不断吸收、消化过程，遂形成了较为复杂的情况，观音菩萨不仅被女性化了，其各种传说有的还被最终坐实。比如在不少地方，观音已经不是作为菩萨存在，而是佛。佛教传播过程中，因翻译不准确或者干脆就是为了迎合中国人的需要，有意改动佛经的情况，也是有的，甚而间杂了不少伪经，使佛教在中国的流变相当复杂，差不多已经脱离了其原来的面貌，变成了中土的佛教。面对庞芜杂乱、浩如烟海的史料，《中国佛教史》要想脉络清晰地整理出来，并条分缕析、确切评论，可以想见其中的难度。

普陀山现存史料似乎也存在这方面的问题。据这些史料称，普陀山原为梅岑山，是因为道士梅福在此修道炼丹而得名。可我们知道，梅福修道炼丹是发生在西汉末年的事，那时道教还没有正式形成呢，何来的道士？因此，梅福的真实身份，应该是方士才对。

进一步说，普陀山被作为观音道场，连它的山名在内，可能也都存在问题。

据称，普陀山第一次观音现身显灵，是西晋太康年间（280—289 年）的事；第二次发生在唐大中元年（847 年）梵僧到山传教；第三次才是唐咸通四年（863 年）日僧慧锷从五台山请观音像归国途中发生的事，说慧锷乘船到这里遭遇了风浪，无法继续前行，遂认为观音不肯东渡，于是留圣像于此处的潮音洞。到了后梁，这里才正式建了“不肯去观音院”，成为普陀山最早的佛教寺院。宋代时，普陀山被宋宁宗钦定为专供观音菩萨的地方，并根据佛经叙述，将此地命名为普陀山。

从上述发展线索，我们不难得出判断，普陀山作为观音道场，连同它的山名，完全有可能是后人编撰及附会的结果。《华严经》上所说的南方光明山，要么本来就没有具体所指，要么远在今天的印度，不会是在中国。佛经上“处处皆有流泉浴池”的“浴池”二字，也不像是中土古时有的习称。

我是数年前从上海路过乌镇、溪口到普陀山的。在潮音洞停留的片刻，对慧锷遭遇风浪无法前行的故事，感觉就像远眺翻涌不尽的海浪一样使人茫然。

照理，阿弥陀佛和弥勒菩萨，特别是弥勒菩萨，也是最为人们熟悉的对象，可从实际情况看，仍然不及观音菩萨那样在民间具有广泛的影响力。想来，除了观音形象秀美可亲外，佛经对阿弥陀佛和弥勒菩萨美妙天堂与佛国净土的虚构，毕竟不及观音菩萨能救现世苦难那样来得直接也是原因。这点到现在还体现得出来。

举观音造像为例，据我所知道的，浙江双峰山建的观音像，总高达 33 米，就不及广东南海西樵山大仙峰上的南海观音像，坐姿，光莲花座就有 14.9 米，直径 36 米，共三层，加上圣像高度 47 米，通高 61.9 米，号称是世界上最高的观音造像。而位于海南省三亚的南山寺，那里的一座观音像，莲花座高 10 米，共四层，每层 27 瓣莲花，共 108 瓣，又号称是世界上最大的白衣观音三面立体造像。须知，这些都是不多久前才修建的观音造像，其魄力和勇气已经大大超出了古人，它显现出当代中国人做任何事情，包括佛像建造，都一样是具有一个压倒一个的壮志雄心和“欲与天公试比高”的豪迈。

鼓浪屿与名人旧事

选在10月长假之后去鼓浪屿，原想旅游高峰期刚过，小岛定会有一段人群潮水退去之后的安静，谁知到了那里才发现，即便这时候去鼓浪屿，也还是避免不了因游人较多而造成的种种不惬意，包括由于听人说，鼓浪屿每日是限制登岛人数的，如果不购买当地旅游机构的服务，外地游客很难买到渡轮票乘船上岛，我们就只好像不少各地来的游客那样，不得不多花上一些冤枉钱，跟了当地旅游机构组织的小型团组上鼓浪屿。

可这一跟不要紧，直到发车前才明白，我们又落入了他们预先设计好的另一个圈套，中间被拉到一些你并不情愿去的地方，包括被安排到某个茶馆观赏所谓的茶艺，说白了就是逼游客掏腰包买礼品茶，不买还软磨硬缠地不放人走。那礼品茶的价格，不用说自然也不会便宜。同团的七八人，只好就这样被关在一间小屋子里，忍气吞声地听了好一阵子“茶经”。唯一收获，是充分领教了那茶艺小姐的伶牙俐齿和巧舌如簧，像是专门训练过的，说服游客出手买茶的话，山长水远、迂回曲折，最后才“图穷匕首见”，真个叫厉害。

值得庆幸的，是我们毕竟没赶在长假或旅游季来这里，否则的话，还不知道那将有怎样一种难受的经历哩。

到鼓浪屿的人，大都冲着这个被数百米宽鹭江隔开、面积差一点两平方公里的小岛风光旖旎，拥有众多风格各异的中外建筑而来。大概没多少人会去想，这座小岛，恰也是第一次鸦片战争后，中国一步步沦为世界列强殖民地的历史见证，战后包括美、英、法、日、德在内的十数个国家，都垂青这座小岛的秀丽风光，先后在岛上设置了领事馆，一大批外国官员、商人和传教士纷至沓来，涌入岛上，一些海外华侨富商也相继来此建设住宅，遂形成了今天我们所能看到的这个所谓“万国建筑博览”的小岛景观。

鼓浪屿历史上多与名人有交集，其中和它最有渊源的文化名人，恐怕要数童年在厦门读书长大的漳州人林语堂。童年时，鼓浪屿便在林语堂心中刻有难忘印象。这位自称是“两脚踏东西文化，一心评宇宙文章”的学者、作家，17 岁离开厦门前往上海圣约翰大学读书，毕业后先后在清华和北大任教，其间赴美国哈佛读书和到德国两所大学做研究，1926 年重又回到厦门，在厦门大学任教。他后来谈到自己与西洋生活的初次接触就发生在厦门，认为这里当时“轮流威吓和鼓舞”他的，无非两样东西：传教士和战舰。还是儿童的他，曾瞪眼看着 1905 年美国海军战舰在厦门操练时耀武扬威的情景，脑海中留下的都是“传教士的白衣，清洁无瑕和洗熨干净”“醉酒的水手在鼓浪屿随街狂歌乱叫，常令我们起大恐慌”“外国的商人，头戴白通帽，身坐四人轿，随意可足踢或拳打我们赤脚顽童”的印象。

从另一角度说，鼓浪屿和中国对外开放的历史也不无关系。林语堂在文章中，就描述了外国人在鼓浪屿办舞会，让第一次见到男女在光天化日之下相拥相抱的中国人吃惊不小的事。据说，第一台进入中国的钢琴，也是在鼓浪屿。洋行、西餐、电影和音乐会这些事，当然也就不用说了。

厦门大学是1921年由著名华侨商人陈嘉庚一手创办的，福建人林文庆为陈嘉庚亲聘的首位校长。林语堂到厦门大学任国学系主任，自然和同为福建人的林文庆有关系，也很快牵涉到了另外一位中国文化界重要人物的到来，那便是鲁迅。鲁迅是受了林语堂的邀请来厦大任教的。

从鲁迅1926—1927年间写的书信，我们可以确切了解到，他是1926年9月4日下午抵达厦门的，当天便住进了厦门大学。而离开厦门的时间，则是1927年1月15日，前往地点为广州，是受邀到中山大学任教，18日到的学校。满打满算，鲁迅在厦门前后也总共只待了133天，即四个半月时间。然而，透过鲁迅这段时间的书信来往，我们却发现，这四个半月时间，对鲁迅本人而言十分不愉快，甚至非常痛苦。

为什么会有这种情况发生？阅读鲁迅这段时间的书信，他在和别人谈及自己到厦门后遇到的许多烦恼、不愉快时，表面看，似乎都和这里气候、饮食、语言等生活环境相关。譬如刚到厦门才3天，他信中就有“此地风景极佳，但食物极劣，语言一字不懂，学生止四百人，寄宿舍中有京调及胡琴声，令人聆之气闷。离市约十余里，消息极不灵通，上海报章，到此常须一礼拜”的牢骚话。而在以后的书信中，像“饭菜可真有点难吃，厦门人似乎不大能做菜”“殊无聊”“食不下咽”“鼓浪屿亦毫不鼓浪”“我到此未及两月，似乎住了一年，文字也是一点写不出”“思想都停滞了”“周围像是死海一样，实在住不下去了”等这类几乎完全感觉绝望的字眼，更是频频出现，丝毫不加掩饰，生怕远在外地的朋友不能和他感同身受似的。

不过，从为数不多的几封信内，我们还是可以看出，使鲁迅感觉如此烦恼和不愉快的，其实另有更加重要的原因——人事纷争。他似乎完全没料到，这个本来可以让他从喧嚣环境中暂时退避的偏远之地，其实也非理想的安宁之所，他的论敌，他最不喜欢的人，想不到也跟着来了这里。这些人中，就包括顾颉刚等一些与陈源（陈西滢）关系密切的人。陈源是他两年前在北京多次笔墨交锋的宿敌，而顾颉刚则因为他与陈源的论战，也卷入这场矛盾的旋涡之中。到厦大后，鲁迅和顾颉刚的关系更是进一步恶化，最终发展到势不两立、分道扬镳的地步。

鲁迅在 1926 年 10 月 4 日致许寿裳的信中，就有“国学院中，佩服陈源之顾颉刚所吸引者，至有五六人之多，前途可想”这样的话；10 月 23 日致章廷谦信中，甚至说与“北京来的”“陈源之徒”共事，自己是吞黄连苦水；而在 11 月 16 日致章廷谦的信中，更是索性连“仰东硕杀”的粗话都骂出来了（“仰东硕杀”为绍兴骂人的土话）。由此不难看出，鲁迅当时对顾颉刚等人和周边环境的厌恶与决绝到了何种程度。

顾颉刚为中国现代著名历史学家、民俗学家，古史辨学派的创始人，1971 年曾担任中华书局《二十四史》和《清史稿》编撰工作的总校。关于鲁迅和他的矛盾，多少年后，顾颉刚在自传中是这样说的：“我一生中第一次碰到的大钉子是鲁迅对我过不去。”

这段尘封 90 年的旧事，我们自然不便多加议论。让我感兴趣的，是同样和厦大与鼓浪屿有关，并且同为学者、作家身份的林语堂和鲁迅，两人的性格迥然有别。

童年曾经“在鼓浪屿海边且行且默祷上帝，祈求赐给我以所求”，愿望不过是可以路上拾得一角银钱，借以解馋的林语堂，属深受西方文化影响的一位人物，用他自己的话说“生来便是一个伊壁鸠鲁派信徒（享乐主义代名词）”，鼓浪屿当然是他乐于逍遥陶醉的地方，据闻后来他的结婚仪式也是在鼓浪屿办的，欢天喜地闹洞房的隔壁，住的恰是他先前的另一位恋人。林语堂的洒脱无羁，由此可见一斑。

林语堂和鲁迅也有两次过隙，在《鲁迅之死》一文中，林语堂提到了此事，不过他认为，自己是“始终敬鲁迅”的，鲁迅和他相好，他固然高兴；鲁迅离弃他，他也不会因此而后悔。林语堂这种超然放达的态度，若是放在鲁迅身上，人们自然觉得不可思议。

同是在这篇文章中，林语堂也提到是他邀请鲁迅到厦大的，并深为自己未尽到地主之谊而内疚，因为在他看来，鲁迅到厦大以后，毕竟受到了某些人的排挤，他也亲眼见到了鲁迅自我料理伙食时的窘迫，这都不是他最初所愿望的。鲁迅在厦大发出的书信，字里行间也流露出了对林语堂的些许怨言。不过这些都还不至于影响到二人关系。

鲁迅性格的另类，我们只需阅读他在厦大的书信，便可略知一二，他的较真，仿佛到了厦门的一切都要和他过不去的样子。他自己就在信中这样形容自己，常常“一有感触，就坐在电灯下默默地想，越想越冒火，而无一人浇一杯冷水”。鲁迅真是一个活得很累的人，哪有林语堂那般洒脱无羁？

也是林语堂看得真切，文章里面，他在对鲁迅作为猛士大大赞扬了一通之后，末尾那句“火发不已，叹兴不已，于是鲁迅肠伤、肺伤、血管伤，而鲁迅不起，呜呼，鲁迅是以不起”的感叹，还真让人感觉像是那么回事。

巧的是，就在鲁迅费尽心思离开厦大，到广州中山大学任教后，不到3个月，顾颉刚受傅斯年邀请，后脚跟着又到了这里，真所谓“不是冤家不聚头”，鲁迅当即辞职离开中大。

我在鼓浪屿闲待的一天，感觉上还是比较舒适的。毕竟不是旅游季节，岛上游人还不算太多，加之又分散开来，上岛前的一些不愉快，终被随后闲适安逸的心情一扫而光。

特别是行至一幢洋楼花园前的时候，见门边挂着一块写有咖啡园字样的牌子，里面几处树荫下，摆着撑有遮阳伞的桌椅，却无游人光顾，于是我二人便进去，选了最僻静的一处，懒散随意地坐了不下一个钟。南方秋季，那天身上多穿了件外衣，但由于阳光特别好，到下午时分便觉得有些热，可坐在园子里，花草树木间浮动丝丝夹着草木清香的柔风，和园内刻意营造出来的小槽流水与通幽小径，都使人感觉身处其中的一种闲适安宁。

《坛经》和南华寺

在广东南雄和江西大余交界的大庾岭，至今仍保留有一条南北贯通的古驿道，人们称为梅关古道；古道南面的这一边，游人可见到当年禅宗六祖离开湖北黄梅东山寺，越大庾岭时的足迹所到处。

《坛经》上说，惠能接受五祖弘忍衣钵教法后，当即告别五祖，行走了两个半月时间，才到达大庾岭，并在这里遇上了前来追赶他、想要夺走他随身所带衣钵的人，且追者人数竟达数百之多。本来只好束手就擒的惠能，终用教法感化追者，得以化险为夷，继续南下，先后到了韶州（今广东韶关）的曹侯村和更南面的怀集、四会。由于杀机四伏，他一直处于隐匿藏居状态，直到15年后，才在广州的光孝寺剃发，公开自己禅宗六祖的身份。惠能一生弘法的主要地，是在韶关曲江曹溪之畔的南华寺。

我到过南华寺两次。这座始建于梁武帝时期的寺庙，原名宝林寺（梁武帝赐名），按《坛经》记载，原寺毁于隋朝末年的战火，后由当地村民重新修建，惠能踏入岭南，就居住在这座寺内。南华寺一名，沿袭自宋太宗敕赐的南华禅寺，至今仍保留着一万多平方米建筑面积的规模，大都为明清时期的古建筑，且有大量文物珍藏，其中最为珍贵，也最为世人关注敬仰的，当属供奉在六祖殿内的六祖真身坐像，通高80厘米，呈结痂趺坐姿，神情淡定、气质超然。

一部《坛经》，除宣讲佛法教义外，几乎相当于一部人物传记，里面清楚记载了惠能祖籍范阳（今河北），出生在新州（今广东新兴），24岁得五祖所传衣钵，39岁正式剃发为僧，宣传教义拯救众生整整37年，76岁于新州老家圆寂。相当多篇幅还是用第一人称引述惠能本人的讲述，十分详尽具体。这大概是《坛经》的特别之处。

令我略觉困惑的是，六祖真身何以没供奉在其他地方，而独选在南华寺。

对此《坛经》给出的说法是，惠能圆寂后，由于广州、韶州、新州三郡的官僚及大师的门人弟子，都争相迎请大师真身，一时难以定夺，不得已通过焚香判别香烟飘向，才最终确定了惠能真身供奉于南华寺。我们不难想象，当时各方力争、互不相让的场面会达到何种激烈程度。因为惠能在世时，为衣钵之争就几乎导致血光之灾，离世后为他肉身归宿的争夺，想必也不会轻松。不过最终的这种处理结果，我却认为是有违惠能本人心愿的。《坛经》记载，在惠能圆寂之前的一个月，唐玄宗先天二年（713年）七月八日，大师大概是预感到了自己将不久于人世，突然对弟子们说："我想回新州去，你们赶快准备船只。"（原文为："吾欲归新州，汝等速理舟楫。"）见弟子们再三哀求挽留，他只好进一步清楚表明，自己的心愿是叶落归根，血肉身躯要有个归所。他说的这个归所，显然指的是自己的出生地新州。故此我认为，从佛的慈悲为怀出发，惠能的肉身应该回归故里才是。供奉于南华寺当然也非没有理由，那毕竟是他弘法数十年的地方；但尊重逝者生前个人愿望，应该是放第一位的，何况他还是禅宗的大师级人物。

人们都知道惠能是禅宗的第六祖，从《坛经》上我们则可进一步了解到，佛教如果自七佛的释迦文佛算起，到惠能止，共经历了三十三代祖师，惠能是第三十三代，往前推分别是三十二祖弘忍、三十一祖道信、三十祖僧璨、二十九祖慧可、二十八祖达摩。

南华寺被视为南禅祖庭，每年吸引了不少香客和游人到访，除大部分为国内和东南亚一带的人外，也有欧美人士。禅宗对欧美的影响，我过去没怎么留意，不久前读美国学者阿伦·瓦兹《心之道——致焦虑的年代》一书，方知20世纪后期，禅宗思想在美国竟一时形成热潮，阿伦·瓦兹是此之前禅宗传播的代表性人物。在这本被译者认为虽无一语着“禅”字，却“处处不离禅宗思想”的书中，瓦兹开给焦虑年代人们心灵的安抚之道，的确和禅宗有莫大关系。比方书中说的“意识到不可能从痛苦中逃离之后，心就会对它做出让步，吸收它，并且只对痛苦有清晰的感觉，而不会感到有任何的我在感受痛苦或反抗痛苦”，“屏住呼吸，他会失去它；放手让它走，他才能找到它”，就和《坛经》中说的“若识本心，即本解脱”的所谓“般若三昧”及“外禅内定”的修行方式相通，都强调了只有内心排除烦恼障碍，才是获得解脱和自由的真正途径。

瓦兹还直接引用了几个有关中国智者（瓦兹在书中以“智者”代替禅修人物）的故事，其中就有禅宗二祖慧可证悟前到嵩山拜初祖达摩为师的故事。当时慧可拜见达摩的想法十分诚恳，不料却被置之不理，直至慧可砍掉自己的左臂之后，才有了和达摩的见面之缘。以下是故事中有关二人的这场著名对话。

慧可对达摩说："我的心得不到安宁。请您为我安心。"

达摩回道："把你的心拿到我面前来，我来安抚它。"

慧可说："我一直在寻找我的心，找了这么多年，可还是找不到它。"

达摩道："我已经为你把心安好了。"

慧可听后，当下顿悟。

这个故事体现了禅宗特别讲究的机锋玄语，因此成为人们理解禅宗顿悟"直指人心，见性成佛"的一个典型公案。

据介绍，阿伦·瓦兹还出版了《禅道》和《垮掉禅、方形禅与禅》等著作，在电视台主持过《东方智慧与现代生活》系列节目，对美国社会有广泛影响力，甚至超过了克里希那穆提。后者是印度著名学者，被誉为20世纪人类最伟大的心灵导师，我读他的书，从"一个杯子的用途就在于它的空"这种譬喻，便能感觉到"禅"之渗入其中的味道。他说的"只有当你觉察到内心的不足，与之安然共处，不逃避它，而是全然接纳它，你才会发现一种非凡的宁静"，和我前面引的阿伦·瓦兹那段话，不仅意思相近，也几乎是同一语态。禅宗理念在现代社会，包括像美国这样经历了快速发展的当代文明社会中，为何开始受到人们青睐？我想，这还是和它体现的相对主义密不可分。

世人或将惠能视为禅宗的创始人，严格说并不完全确切。《坛经》让我们看到，惠能本人从未以此自居，相反，他一再强调自己是师从前贤，是继承了五祖的衣钵。而我们知道，五祖之前，还有四祖、三祖、二祖和由印度来的初祖；且同是初祖到来的南北朝时期，中国还有自己的本土高僧竺道生，他对佛教顿悟论的阐发就有过重要建树，是禅宗思想形成和发展进程中一个不可忽视的人物。当然，惠能在禅宗的创立和发展中，起到了标杆性作用，他的地位毕竟也是无人可以取代的。

丙申年夏登泰山

对我和太太两人而言，2016 年才登泰山，似乎来得有些迟。

不过，能够弥补这种缺憾的，是这天距离我 65 岁生日只差两天。而且登山时，除中间数次停顿约一二分钟稍事歇息外，从中天门开始，我们基本上是连续攀爬登上泰山南天门的。这说明我们二人的身体状况都还可以，不像上山前，当我们向当地人询问登山路径时，他们一见我们年龄，便坦言相告说，即便我们决定徒步登山的这条线路并不十分长，但属于泰山最艰险、最消耗体力，也最难行走的一段，所以按他们估计，至少要行走 3 个小时或者更多一点。而实际上，从早上 9 时 20 分开始徒步登山，11 时 20 分我们就到达目的地了，才用了 2 个小时，还没觉得太累，这自然是使我们感到欣慰的事。

泰山在中国文化和中国人心目中，可谓根深蒂固，自古就被奉为“五岳独尊”和“天下第一名山”。以泰山比喻世情的语言词汇也十分丰富，例如形容价值或重要性有“重于泰山”，形容稳健厚重有“稳如泰山”，形容压力巨大又有“泰山压顶”等等。而“泰山石敢当”，更是差不多家喻户晓的传说。

其实，泰山在中国众多名山中并不是最高的，其主峰玉皇顶，海拔不过 1545 米，即便在五岳中也只排行第三。说山势险峻，西岳华山也许更甚于它；就算黄山，以我的感观，也不见得就比它差。可泰山却一直在中国人心中有种神圣特殊的地位，长期被中国人视作为最重要的象征物。这固然有人们所持的理由，即泰山因处于山东平原和丘陵地带，因而视觉上更容易使人产生突兀高峻感，加之其山体宽大，绵延 200 余公里，所以非常具有厚重感。但更重要的原因，我却认为可追溯到至少几千年前的远古时代，是文化的源远流长使然。其中最重要的体现，就是祭祀文化，也即是人们说的封禅。

从司马迁《史记·封禅书第六》中我们得知，古代帝王到泰山举行封禅，远不止起于秦始皇年代。书中，司马迁在讲述齐桓公当年会诸侯于葵丘，想举行封禅活动的时候，就借管仲之口说道，无论伏羲氏之前的帝王，还是伏羲氏、神农氏、炎帝、黄帝、颛顼、帝喾、尧、舜、禹，以至商汤王、周成王，都封过泰山，只是禅过的山略有不同而已。（管仲曰：“古者封泰山禅梁父者七十二家，而夷吾所记者十有二焉。昔无怀氏封泰山，禅云云；虙羲封泰山，禅云云；神农封泰山，禅云云；炎帝封泰山，禅云云；黄帝封泰山，禅亭亭；颛顼封泰山，禅云云；帝佶封泰山，禅云云；尧封泰山，禅云云；舜封泰山，禅云云；禹封泰山，禅会稽；汤封泰山，禅云云；周成王封泰山，禅社首：皆受命然后得封禅。”）当然，有确切历史记载的帝王登泰山封禅，应该说是始于秦始皇。之后的汉、隋、唐、宋、清，也都有过皇帝到泰山封禅或祭祀的确切记载。

封禅，是古代帝王认为自己接受天命登上宝座，于是到泰山举行祭祀天地的一种仪式。其中“封”，具体指登泰山筑圆坛祭天，以报天功；“禅”，具体指在较低矮的山丘筑方坛祭地，以报地功。司马迁的文章让我们了解到，泰山是历代帝王登山祭天的唯一之地，从来就没改变过。而这种殊荣，是其他任何名山都不曾有的。所以我认为，也许主要还是因为这点，泰山才构成了它“五岳独尊”的历史地位。

直觉告诉我，倘若以较正规的形式登泰山，应该是从泰山南面脚下的岱庙开始。但由于我们当天下午才抵达泰安市，安排好住宿赶到那里时，已是下午将近 5 点的时分了，岱庙已停止接待游客。无奈，我们只好步行回到旅行社，路上顺便买了两支预备次日用的登山手杖。

这家旅行社规模很小，也很简陋，但房前一个十来平方米的窄院子，布置得却有几分温馨。院子的沿墙边种植了许多花草，院中间摆放着几张原木桌椅，有咖啡和简单的西餐向客人提供。不过旅社房屋和院墙一律漆的朱红颜色，却让人好生奇怪。再看周围，附近不少屋墙也都漆的是同一种颜色，方觉得这里应该有些来头，不像一般建筑，似乎是一座庙宇。待出门四下一张望时，果真见到是一座残旧的关帝庙，只是部分被劈开做了旅行社。估计这座关帝庙原先的规模还不小，因为除旅行社外，它另有相当部分也被挪做了各种用途的房屋。可即便如此，保留下来的地方，仍然足以对外开放。

登泰山有 3 条线路。东路是最主要的线路，也是古时候历代帝王登泰山的主要道路，被称为泰山御道。它位于泰山的中轴线上，南起岱宗坊，途经红门、中天门和著名的十八盘，最后抵达南天门、天街并至岱顶。

我们住的旅行社，恰就在这条中轴线上的红门侧边，是人们起步登山之处。只要朝院门口一站，便可见到陆陆续续的游客身背行囊从这里上山，年轻人通常还选择在夜间登山，以便次日清晨在山顶观看日出。由于时间安排上的考虑，同时毕竟也还顾及自己的体力，我们没有选择从这里开始步行登山，而是采取了东、中两路相结合的办法，先从红门乘公交车前往天地广场，在那里坐游览车到中天门，然后才开始徒步登山。这样走，路上可见的景观有：云步桥、五大夫松、望人松、十八盘、升仙坊，最后是南天门、天街和岱顶。这种走法的好处是，既相对节省时间和体力，又不落下步行十八盘这个最重要的环节，没留下遗憾。据当地人说，登泰山若没走十八盘，不算是真正登过泰山。

十八盘确实名不虚传。在不到一公里的山道上，砌着1633级石阶，坡度十分陡，最陡的地方我感觉甚至超过了80度。远望还不怎样，只觉得虽有些遥不可及，景色却很壮观，可等真正到了那，尤其是攀到最后一段，也是最陡一段石梯的时候，人的感觉就不一样了，像是自己身体和石梯都是向天直立着的，经不起任何一点外力的轻微影响，否则就会朝山外万丈深渊跌下去似的，心中不免打起阵阵寒战。等登完最后一级石阶，双脚刚履平地舒一口气时，回头再望，身下这条石梯，我觉得就同一条插向云端的天梯般陡峭，人在上面简直是飘的，站立都不稳！

在天街只稍待片刻，我们便乘缆车下了山。这样，就可赶在次日离开泰安市前，利用下午的时间再回头到岱庙参观一下。

岱庙是供奉泰山神和举行祭祀大典的地方，位于东路中轴线南端，离红门只有步行十来分钟的距离。它是一座城堞式的建筑群，建成年代久远，历史悠久，占地面积接近10万平方米，内分3路，所保存的古建筑殿、门、碑、坊，塔、亭、池、院等，一应俱全。其中以天贶殿最为显赫，是庙内主体建筑，重檐歇山、黄瓦朱柱、画梁玉栏、斗拱飞彩，蔚为壮观。《儒学始祖和他的故里》一文中已经提到，故宫的太和殿、孔庙的大成殿和它，一起构成了中国古代的三大宫殿式建筑。

天贶，是上天赐予之意。资料介绍，天贶殿为宋真宗赵恒下诏所建，原因是此前一年，他在泰山举行了声势浩大的祭祀活动，并下诏从此每年一届举办所谓的“天贶节”。表面看，这自然是为了答谢天恩，可隐藏于其中的真实用意，却是为了平息因与辽国签订了“澶渊之盟”而产生的朝野怨气。殿内左、右两面及后墙的墙壁上，至今还保存有一幅借泰山神出巡以展现赵恒当年泰山封禅情形的大型壁画，名为《泰山神启跸回銮图》，十分珍贵。可惜因年代久远，壁画的许多地方，都已模糊不清、较难辨认了。我一边看得辛苦，一边在想，为什么不调集能工巧匠对它进行精心而有效的修复呢？要知道，以这幅画目前受损和侵蚀的程度看，估计将来情况会更加严重，到那时，恐怕想要原样修复都困难了。

参观岱庙，证实了我前一天的直觉没错。过去帝王到泰山举行祭祀活动，正规的程序正是先到岱庙来祭拜泰山神，然后才开始登山。

司马迁《封禅书》的篇幅相当长，里面记载了不少帝王封禅泰山和祭拜华夏山川的事，以及这些封禅祭祀活动的每每起因，从中可看到谋臣、方士或儒生在中间所起的作用，不少当属荒诞离奇的鬼神迷信，或者就是这些人在故弄玄虚和借题发挥。中轴线上的景观“五松亭”，据说就是秦始皇公元前219年登泰山时，途中遇到雷雨，避于树下，大树因护驾有功，因此被封为“五大夫”，以后又有人在此建了“五松亭”。这件事，《封禅书》中也有记载，不过事情的原委是这样的：“始皇之上泰山，中阪遇暴风雨，休于大树下。诸儒生既绌，不得与用于封事之礼，闻始皇遇风雨，则讥之。”（意思是，秦始皇在登泰山途中遇到暴风雨，便到大树底下躲避。一些被罢黜的儒生因为没能参加封禅典礼，听到这件事后，就编了故事讥笑秦始皇。）

行文到后面，司马迁还再次提到了此事，说秦始皇泰山封禅后的第十二年，秦朝灭亡了。一些儒生因为痛恨秦始皇焚书坑儒，老百姓也怨恨秦法的酷严，天下都厌恶秦朝，于是就编谣言说秦始皇当年登山遇到暴风雨，以至没能如愿封禅。（始皇封禅之后十二岁，秦亡。诸儒生疾秦焚《诗》《书》，诛僇文学，百姓怨其法，天下畔之，皆讹曰：“始皇上泰山，为暴风雨所击，不得封禅。”）接着司马迁用自己的话说：“此岂所谓无其德而用事者邪?”今译是：这不就是所说的道德不好的人却偏要去封禅吗?

将这句话和司马迁在《封禅书》开头一段的论述，以及文中讲到齐桓公欲行封禅，管仲一旁委婉相劝的事联系起来看，司马迁对帝王封禅其实不都是点头称许的，而是认为封禅应同时具备两个条件：功业有成和德行到家。他这样说的意思，显然是想告诉大家，他对秦始皇的德行是打了问号的。但司马迁不愧为伟大的史学家，在《秦始皇本纪第六》中，他曾借贾谊之口，传达出自己与其相同的观点：充分肯定秦始皇的功业，但绝不袒护他的德行。因此，《封禅书》中他冒出这样一句话，也就不足为奇了。当然，在同样是史学家的班固眼里，即使贾谊和司马迁这样的大家，也会受到质疑。例如他们二人责怪秦王子婴无能，以至秦王朝仅历二世而亡的看法，就被班固认为是不明就里的无稽之谈。而在我看，班固反对贾谊和司马迁看法的观点，又确是有事实根据、在情在理的。可见，再客观的史学家，有时也难免会有不十分确切的地方。何况，也是在这篇《秦始皇本纪》中，关于始皇登泰山遭遇暴风雨的事，跟《封禅书》里的记载还有些不一致，说它不是发生在上山，而是下山途中。如此卷帙浩繁的《史记》，中间出现的这么点小误差，我想，即便是司马迁这样严谨细致的人，恐怕也不是轻易就能察觉到的吧。

让司马迁更加没想到的是，如今的人们，对秦始皇当年封禅泰山的事，只会虑及他所建立的丰功伟业，而不太顾及他的德行不佳。历史当然是严肃的，但经常也会开那么点小玩笑。

至于泰山为什么一直是古代帝王封禅亘古不变的大山？它最初的起因又是什么？司马迁文章没说，他应该也是不清楚的。

“登泰山而小天下”。孔子以后，历代的无数文人名士，无不以登泰山为幸事。所以，除古迹遗存外，这里留下的诗词文赋及碑刻题字尤其多，数不胜数，从而使泰山又成为一座文化积淀特别厚重的名山，1987 年被联合国教科文组织列为世界自然与文化遗产。

数年前，我爬黄山得出一个经验，当时也许不觉得特别累，可事后才感到了伤筋动骨，回家后有好些天都行走困难，觉得双腿像灌了铅似的。所以，从泰山下来后，我就预备着一样会出现这个状况，结果却没有。庆幸之余，我分析这可能与我在泰山时的登山方式有关。那天因石梯特别陡，我基本是采取侧着身子向上攀登的方式。这样登，让人感觉会适当降低因双腿向上抬高的幅度而节省体力、减少消耗，就像人们通常懂得下山时应该侧着身子走一样。

高峡平湖

对中国的成年人而言，位于长江中游湖北宜昌地段的葛洲坝和三峡大坝，都是如雷贯耳的名字。尤其后者，关于修建它的利弊，当年曾有不少争议之声。其实，三峡大坝工程的构想由来已久，葛洲坝不过是它的先声，是因它而先期规划建设的水利枢纽工程。

葛洲坝位于长江三峡末端河段，距三峡出口南津关下游2.3公里，由此往上游不到40公里，就是三峡大坝的坝址所在地。这一带属长江的西陵峡区。而西陵峡，又是长江上、中游的分界点，地势险要，历史上就有所谓“上控巴蜀，下引荆襄”之说，是三峡的门户，它与上游的巫峡和瞿塘峡，共同构成了著名的长江三峡。

2000年时，我曾与几位文化界朋友到香港访问，其间应石景宜老先生之邀，到他整理后富余的书库，各自挑选几本自己所喜欢的书。我选的书之中，就有一套清代学者赵一清撰，清乾隆五十九年刊本影印的6卷本《水经注释》。

借这次游三峡大坝的机会，我翻阅了该书讲述长江自发源地起至三峡一段的文字，始知郦道元著《水经注》时，三峡的第一峡原本并不称瞿塘峡，而称广溪峡；但瞿塘之名已见诸书上，是峡中的瞿塘、黄龙二滩之一。据该书描述，瞿塘滩上有一神庙甚是灵验，相传是“刺史两千石经过，皆不得鸣角伐鼓，商旅上水，恐触石有声，乃以布裹篙足”（标点为作者所加，原著未断句，下同），并称此峡“盖自昔禹凿以通江，郭景纯所谓巴东之峡，夏后疏凿者也”（夏后乃大禹的后代，作者注）。

关于巫峡，书中的记载是这样的：江水辗转流数地后，经巫县故城南注入巫溪水，又几经辗转，至一名为新崩滩的地方，“其间首尾百六十里，谓之巫峡，盖因山为名也”。这一带的山形地势是，“自三峡七百里中，两岸连山，略无阙处。重岩叠嶂，隐天蔽日，自非停午夜分不见曦月”；景致则被形容为“春冬之时，则素湍绿潭，迴清倒影，绝岩多生怪柏（怪柏引自清按，作者注），悬泉瀑布，飞漱其间，清荣峻茂，良多趣味。每至晴初霜旦，林寒涧肃，常有高猿长啸，属引凄异，空谷传响，哀转久绝。故渔者歌曰：‘巴东三峡巫峡长，猿鸣三声泪沾裳’”。

瞿塘峡、巫峡现今山形地势如何，我没发言权，因游三峡大坝走的只是西陵峡一段。不过听导游说，三峡大坝以上的瞿、巫二峡，因拦江后的水位抬升较高，导致峡江两侧的变化已十分大，因此我想，《水经注》中描述的那种险峻，如今应该所见不多了。非但如此，就是葛洲坝到三峡大坝这一段的西陵峡，就我沿途所见，恐怕也只能用今非昔比来形容，基本上没什么能够令人感觉到特别惊叹的景色可言了，将其与《水经注》中“东入西陵界，至峡口百许里，山水纡曲，而两岸高山重嶂，非日中夜半，不见日月，绝壁或千许丈”“峡中水疾，书记及口传，悉以临惧相戒”“奇构异形，固难以辞叙”等富有传奇色彩的描述相比照，自是相去甚远。《水经注》这一段还引老人相传的旧话说，西陵峡也是大禹曾经的治水处。

往三峡大坝去的最后一段是走陆路，须乘景区大巴方得进入景区之内。大坝观赏被安排了平视、仰视和俯视几个角度。俯视角度位于坛子岭，其实是专为观赏大坝雄奇风姿而建的观景台，设计施工手笔之大令人惊叹；游客从岭下乘手扶电梯，沿陡峭山壁来回折“之”字形，居然可以一直抵达岭的顶端。站在岭顶，大坝整个规模宏大的工程，及周围方圆数公里内的地方，尽可一览无遗。俯视岭下，将长江拦腰截断的三峡大坝，坝内、坝外的水位明显高低错开，最大落差据说达到了113 米，相当于数十层楼高。卧江的拦河大坝，全长 2309. 47 米；中间为溢流坝段，两侧为电厂厂房坝段及非溢流坝段，坝顶高度 185 米。

坝的那一面，形成一个容积巨大的库区，总库容达到 393 亿立方米，防洪库容为 221. 5 亿立方米，可有效滞蓄长江上游的洪峰。因时近初冬，库区水面平稳，波澜不起。朝雾蒙蒙，远处望去，对面即是秭归县的新县城；位于屈原故里的那座屈原祠，就矗立在坝的正对岸，青白颜色的山门，于坛子岭上清晰可辨。

坝的这一面，是平展宽阔的引流河道，径朝长江的下游延伸而去，构成一派寥廓江天的景致。近看它左侧靠近大坝的地方，则是一条可供万吨级船只上、下游通航的河道；大坝左岸的山体因此而被劈开，建成了双线的 5 级船闸。船行至此，须由一级级船闸将水位逐渐灌注（或泄去），使船只慢慢抬升（或下降），最后得以通过拦河大坝，朝上游（或下游）驶去，它是三峡水利枢纽的主要通航建筑。据导游称，船的这样一次过坝时间，大约是4小时；小型船只则例外，可无须经由船闸一级级慢慢抬升或下降，而是将船只与河水一次性整体抬升或下降，直接过坝。当地人形容这两种过坝方式是，“大船爬楼梯，小船坐电梯”。

俯瞰岭下这座通航建筑，欣赏这看似原理简单，实现起来却工程量十分巨大的双线通航船闸，想象船只像“鲤鱼跳龙门”式地在上、下游穿梭来往的生动画面，大概是站到了坛子岭上所有人最饶有兴致的事。想想看，从我们知道远古时期的鲧、禹治水，到孙中山先生《实业计划》中提到整治长江水路上游的宏远憧憬，再到毛泽东诗词里“更立西江石壁，截断巫山云雨，高峡出平湖”的神奇想象，其间，江还是那条江，水还是那道水，可时空早已切换，上下翻转万年，这怎能不使人发出由衷的感叹呢？

坛子岭上有一打开的石书，上刻《坛子岭览胜》一文，其中介绍说，三峡大坝电厂的年发电量超过了1000亿千瓦，堪称世界之最。如此大的发电量，可想而知，大坝的存在就不仅仅是发挥了抗洪排涝、便于通航和有利农耕的作用，还有效地为华中及更广泛地区的用电提供了保障，由此带来直接的经济利益，造福了远近四方民众。加之葛洲坝每年还有150亿千瓦左右的发电量，两项工程合共对当地经济社会发展形成的推动力，显然十分巨大。难怪在宜昌小住几日，这座城市的扩张速度让我略觉吃惊，电力资源的充分利用，无疑是其中的重要因素。回想数十年前，我在湖北荆州附近工作的那段时间，宜昌虽然已经是作为一个地级市的建制而存在，但在一般人心目中，由于地偏鄂西，似乎还有些默默无闻的味道。可现在，它先因1988年建成的葛洲坝工程，再因2006年建成的三峡大坝工程，终于一举扬名天下知，不仅聚焦了全球目光，更成了中国观光旅游的重要城市，发展迅速步入了快车道。如果我听到的“宜昌现已将发展成大城市列为自己的目标”所传不虚，那就不难预见，若干年后人们再见到的宜昌，将完全是另一番模样。这，自然也属于今非昔比的一个方面。

三峡大坝作为巨大的工程项目，涉及的投资数额十分庞大，接近千亿元，需原地或异地安置的移民，人数达到113万之多。我因看过一部介绍三峡库区移民情况的电视纪录片，所以比较清楚地知道，这样巨大人口的迁移安置，实行起来有多么不易。到三峡大坝来观赏的游客，如缺乏这方面的体会，自然也不会想到，在三峡工程骄人成绩的背后，是多少当地百姓离乡背井、拖家带口的艰难迁徙啊。他们中的相当部分，为了国家建设需要，还必须离开祖辈世代居住的地方，到一个自己完全陌生的土地扎根，这又需要多么大的付出啊。因此，书写三峡工程的伟绩，那些不畏艰难、奋身投入的建设者自不必说，中间涉及的百万移民，无论如何也应该是占据重要一页的。

在坛子岭的另一侧，人们可以见到安放在露天的一块巨石，是大江截留时于江底发现的，属质地坚硬的花岗岩石，重达数十吨。据说，经地质专家考证，这块巨石距今已有8亿年的历史，真是个漫长得有些吓人的数字。以至徘徊在这样一块巨石的边上，竟让人有种徜徉在历史长河中的错觉；仔细察看那上面的洼痕穴槽，将信将疑之间，又让人不得不对时间的无限和个体生命的渺小陷入沉思。

我们没遇到大坝开闸泄洪的时机。不然的话，无论从坛子岭的俯视角度，还是从岭下的平视角度，或坝下的仰视角度观看大坝，景象都一定十分壮观。

在外滩

这是上海外滩。时间2017年2月的最后一天。

在原怡和洋行大楼顶层的露天咖啡座，我和家人要了处最靠江边的位置，一边喝咖啡、品尝点心，逗可爱的小孙女玩，一边尽情眺望黄浦江两岸的景色，从下午两点多，一直闲坐到五点来钟，感觉很久都没有像这样的闲情逸致了。加上乍暖还寒的天气，仲春午后的阳光妩媚灿烂，洒在人身上，那份惬意和舒适，就更是别提了。

站在这个高处，黄浦江呈外弯形的江面，东岸陆家嘴一带林立的现代化高楼大厦，西岸全长约1.5公里的江畔道路，及路这边矗立的众多古典建筑风格楼群，都可悉数收入眼底。这里是大上海最繁华热闹的地区，也是上海城市的象征。

从前到上海，我也来过外滩，不过只是个匆匆过客。而这一次，除了有这么长时间在高楼顶端仔细凝视它四周围的风景，登楼之前，还特地在外滩古典楼群一带的附近转了转，近距离地欣赏了这些风格迥异、气度不凡的建筑外观，在著名的和平饭店南楼门前还站了好一会。这幢起于1854年的建筑，原为汇中饭店，曾是上海最豪华的旅馆，也是上海现存最古老的饭店之一。

类似和平饭店这样有历史的旧建筑，在外滩还有50余幢之多，包括1913年英国人建的原亚细亚大楼、1916年美国人建的原联合大楼、1921年日本人建的原日清公司大楼，以及清末官员盛宣怀投资建的原轮船招商总局大楼等等，它们融合了欧、亚各国古典与近代建筑的风格样式，呈现出豪华与厚重并存的气派，是旧上海一度成为“东方华尔街”和有着“十里洋场”之称的真实写照。

如果将镜头拉回到一个半世纪多以前，外滩不过是一片人烟稀少的荒凉滩涂。第一次鸦片战争爆发后，英国人用大炮轰开了大清帝国的国门，强迫战败的清政府与其签订了中国近代史上第一个不平等条约——《南京条约》。其中内容包括开放上海等5个城市为通商口岸，准许英国在5处通商口岸派驻领事。第二年，又增加了《中英五口通商章程》作为该条约的补充条款，其中规定通商口岸的英国人犯罪，不能由中国处理，只能“由英国议定章程、法律，发给管事官照办”，开了外国人在中国不受中国法律管束的先例。1845年，英国驻上海领事胁迫清上海道台划定洋泾浜以北、李家场以南的土地作为英国人租界居留地段，这又成为外国侵略者在中国建立租界的开始。步其后尘，美、法两国也先后在上海建立了租界。自此，大批外国洋行、商务机构纷纷涌进外滩，上海近代城市的历史也由此开启。

说起上海，在我们这代人的记忆中，它既是浸染了旧中国屈辱历史的一页，伴随电影镜头里装扮时髦的女性招贴画和闪烁耀眼的霓虹灯入眼，它仿佛又是灯红酒绿、纸醉金迷生活的温柔乡，是各种冒险家的理想乐园。这里，从不缺少追踪摩登时代脚步的声音，更不乏官、商场上形形色色的角力争斗。

然而，一旦揭开浮在上海身上的这层薄纱，真正显现在人们眼帘的，却是这座城市的另一个侧面，在过往岁月中，它似乎承载了太多进入近代以后的中国历史，并几乎在每一页上都留下过浓墨重彩的一笔。从清末洋务派及后来的维新运动领袖康有为、梁启超，到民主革命的伟大先驱孙中山，再到陈独秀、鲁迅、毛泽东、周恩来等一系列重要历史人物，哪一个不是曾在这里留下过自己足迹的？晚清的洋务运动，尽管没能实现中国人求强、求富的愿望，但它所创办的企业，包括上海轮船招商局和上海机器制造局，毕竟为中国民族资产阶级的产生创造了条件，更为中国产业工人后来登上历史的舞台培育了土壤。知识分子的活跃和产业工人的密集，使上海最终成为迎接新历史时期到来的摇篮，时代风云人物登台亮相的助产婆。被视为新文化运动标志的刊物《新青年》，就是在上海创办的；中国共产党诞生这一扭转中国命运乾坤的重大历史事件，也发生在上海。而 1932 年的“一·二八”，和 1937 年的“八·一三”，这两次燃烧于上海的战火，又向世界宣告了中国人民决心与日本侵略者浴血奋战、拼死抵抗的勇气。

新中国诞生后，作为国内最重要的轻工业城市，曾几何时，上海的手表、自行车、缝纫机等，几乎是每个中国人都耳熟能详并梦寐以求的东西；雪花膏和白兔糖，则至今仍烙在那个时代过来人的脑海中。作为一个对中国工业发展做出过重要贡献的城市，上海曾向内地输送过大量产业工人和技术骨干，以至在国内很多城市的工厂或车间中，人们都能见到有来自上海工人和技术人员的身影。

当然，毋庸讳言，在灾难性的“文化大革命”运动中，上海也是遭到最严重影响的地区之一，从这屡屡发出的恶魔般信号，曾使得960万平方公里的土地满是创口、遍体鳞伤，痛楚至今仍残存在人们的记忆深处。

历史是多棱镜。每一座城市在它多姿多彩的背后，多少也隐含了些颇带苦涩味道的记忆碎片，何况上海？

具体到我所处的这座大厦，也不例外。它清楚见证了旧上海曾经不准中国人进入外滩花园的荒唐事。也正是这个原来叫作怡和洋行的一名买办，在1885年联合了另外7名中国人，再次就外滩花园不准华人进入一事向当局写信表示抗议，并得到报界声援，于是赢得当局的被迫让步，有条件地允许花园对华人开放。但外滩真正对华人开放，则是几十年后才存在的事。

然而今天，同样是这座大厦，看看它周围的环境，再看看整个上海，你不会不发出由衷感叹，那许多的如烟往事，一幕幕都早已经离我们远去。上海，正以它宏阔的视野、坚实的脚步，向着现代化国际大都市的目标迈进，其在国际上的重要地位将日益得到彰显；21世纪的外滩，也正在以它前所未有的魅力，吸引着全球四面八方的客人，到这里来亲见这座城市面向大海、包容天下的襟怀。正如我在《洛阳，向东》一文（见《在历史文化间行走》第一卷）中说的，向东，也包括了向南，就是向沿海；这是中国瞻望大洋、走向世界的必然性，也是历史性抉择！

怡然地品着杯中咖啡，平台上闲坐了半天之后，只见黄浦江上的风已越来越大，将身旁旗杆上的那面国旗吹得噼噼啪啪直响，阳光也渐渐稀薄，人不觉感到了有些寒意；耳畔却不时传来附近海关钟楼响起的报时钟声，一阵阵清脆悦耳、撩人心绪。我再次朝大厦的底下望去，一公里多的江边上，游人穿梭往来，依旧是一片熙熙攘攘的热闹景象，直到天色渐晚了仍然如此。

中篇 

遗迹与旧址

东林书院

走近东林书院，立刻让人想起那副被读书人当作座右铭的对联：“风声雨声读书声声声入耳，家事国事天下事事事关心。”眼前的东林书院，正是这副著名对联的出处。它由明万历三十二年（1604 年）书院重修者顾宪成所撰，早年挂在无锡惠山的寄畅园，楷书体；顾的后人按原联式样复制于东林书院主体建筑依庸堂内中央屏门的两侧，后遭毁。1982 年，廖沫沙先生用草书体再写此联复挂依庸堂。

东林书院始创于北宋年间，原为宋代儒学学者杨时的讲习之所，废于元代。“东林”一名，源自杨时对庐山东林寺的爱慕。

顾宪成（1550—1612），字叔时，江苏无锡人，万历进士，官至吏部文选司郎中，因“建储”等问题与神宗意愿相忤，于万历二十二年（1594 年）被革职返乡。十年后，即与原任行人高攀龙等同倡捐资在原址修复重建了东林书院。

书院重建后，顾宪成、高攀龙及御史钱一本、太仆少卿史孟麟等人讲学于此，不时议论朝政，指陈时弊，裁量人物，渐形成了一个在全国颇有影响的政治集团，被称为“东林人”。书院亦成为当时的舆论中心。“东林人”的种种行为，被当朝权贵特别是阉党视为眼中钉肉中刺，欲除之而后快。所以，当杨涟上疏弹劾阉党头目魏忠贤时，便立即遭到对方的疯狂反扑，发生了震惊全国的冤案，众多东林人士被牵连其中，惨死诏狱和惨遭迫害。

现书院内的“东林精舍”，挂有“东林党人榜”“东林朋党录”。其中“党人榜”上，有顾宪成、高攀龙、杨涟、左光斗等309人的名单，标注“生者削籍，死者追夺，已经削夺者禁锢”。意思是生者削夺官职，死者追夺封号，已经去官者，永不录用。“朋党录”名单上的94人，也均遭到不同方式的打击处理。

东林书院在历史上的地位，不仅由于这一大案震惊当时的朝野，深刻反映了明末朝廷政治的黑暗腐败，预示了明王朝运数将尽的结局，更重要的是，它提倡把读书与关心国事，注重个人修养和心系国家命运结合起来的教育理念，具有很强的时代性，即便与宋学者、书院已明显减少了贵族气味的情况相比，在教学宗旨的明确上也还是要胜一筹，更和“两耳不闻窗外事，一心只读圣贤书”的传统观念判若云泥。这是东林书院最了不起的地方。

和东林党争相似，历史上发生的另一著名事件是东汉时期的“党锢之祸”。这场灾祸发生的原因，主要是东汉以后外戚与宦官之间循环反复的激烈争斗。而朝廷的政治争斗，又和太学牵扯在了一起。不同的是，太学为光武帝刘秀为培养官吏创办的国家最高学府。太学生反朝廷黑暗斗争，客观上卷入外戚和宦官的内部争斗，被一派利用，另一派打压。

中国古代历史上，“儿皇帝”最多，且连续性最突出，即位时平均年岁又最小的，大概要数东汉和帝刘肇以后的各朝。

和帝10岁即位，殇帝即位时还不到半岁，安帝13岁，顺帝11岁，冲帝2岁，质帝8岁，桓帝15岁。皇帝年幼，很自然地就产生了这样一种情况：前一阶段，因母后临朝听政，大量启用娘家人，即所谓的外戚，使皇帝身边的宦官遭到排挤，形成外戚专权局面；后一阶段，皇帝成年，不愿继续受外戚操纵摆布，开始重用宦官，外戚遭致排斥，又造成宦官把持朝政局面。外戚当然也不甘心，伺机卷土重来。东汉历史上接二连三的小皇帝，就导致了外戚和宦官间此起彼伏、反复不断的拉锯战。

桓帝时，是宦官专权。他们把持朝政，操纵选举，迎合宦官集团者，即使没有学问，也容易青云直上、飞黄腾达。这无疑侵犯了世家豪族的利益，同时引发太学生的不满，因为学而优则仕的路子被堵了。史论称，当时士族清流和宦人的冲突，不限于中央，而是遍及州郡。世家大族利益的代表河南尹李膺、太尉陈蕃，于是和太学生领袖郭泰、贾彪联合，形成了一个反宦官集团的党派，猛烈抨击宦官当朝的种种腐败与弊端，结果遭宦官的诬告，李膺等两百多人被捕入狱，次年虽被赦归原籍，但禁锢终身。史称第一次“党锢之祸”。

到汉灵帝刘宏12岁即位的时候，又是外戚当权。他们重新启用那些曾遭打击的“党人”，灵帝母亲窦皇后的父亲窦武更是被封为大将军，陈蕃为太傅、录尚书事。窦、陈图谋诛杀宦官，不料事败，窦武自杀，陈蕃则被宦官杀害。宦官再度诬告反宦人士，将李膺等百余人重新收捕，遭迫害和受牵连者达六七百人。熹平五年（176年），昭告各州郡，凡“党人”父兄子弟、门生故吏，五服以内亲属全部免官禁锢。结果名士和外戚两败。史称第二次“党锢之祸”。

值得特别提到的，是“党锢之祸”事件中的一个重要人物——陈蕃。他就是王勃《滕王阁序》中“物华天宝，龙光射牛斗之墟；人杰地灵，徐孺下陈蕃之榻”点到的陈蕃，字仲举，汝南平舆（今属河南）人，东汉名臣。曾任豫州别驾从事、乐安太守，因不讲私情被降职为修武县令。任尚书时，又因得罪宠臣被外放豫章任太守。王勃文中提到他的时间背景，正是豫章太守任上。延熹八年（165 年），陈蕃升太尉，第一次“党锢之祸”再被免职。徐孺即徐稚，字孺子，是东汉豫章南昌（今属江西）人。桓帝时，因不满宦官专权，多次不应征聘，时称“南州高士”。

“徐孺下陈蕃之榻”，说的是徐孺和陈蕃交往的一段佳话。陈蕃在豫章做郡守时，只接待徐孺这样的高士，其他宾客概不接待，并专为徐孺备了留宿的卧榻。可见陈蕃这个人物个性的孤傲、硬直。这就难怪后来他在和李膺领导反宦斗争时，太学生里流行“天下楷模李元礼（李膺），不畏强御陈仲举（陈蕃）”歌谣的事。

由徐孺、陈蕃的为人个性，我们不难窥到稍晚些魏晋时期清流名士的某些性格特征，东汉是一个过渡期罢了。林语堂在《吾国与吾民》中分析到，百年后社会上兴起的崇拜冷淡清谈之反动风尚，即与“党锢之祸”这种严厉镇压不无关系，学者文士的态度于是转为消极，“与之相辅而起者，为酒狂，为追逐女人，为诗，为道家神学”。并将“竹林七贤”也归于此列，认为“人民之欢迎他们，犹如小乌龟欢迎大乌龟之厚甲壳”。这样嘲讽挖苦的分析自然有一定道理，但是应该看到，魏晋名士之风的所谓消极抗争，毕竟也属于一种抗争，是中国社会每遇到一些十分特殊的环境底下表现出来的一种存在，是社会转折过渡期内的生态平衡现象，总比整个社会被打了激素似的完全一边倒要好。

修复后的东林书院坐落于无锡市弓河一侧，占地 13,500 平方米，大门上方“东林书院”四个大字为陆定一书。清末现代学堂兴起，书院改为“东林高等小学堂”，秦邦宪、钱锺书等一大批社会名人，均从这里走出。

远古的最后部落

稍有文化的人，要是缺乏体力劳动经历，即使现在，人们还是会用“四体不勤，五谷不分”的习惯用语来轻松揶揄。遇到这种情况，我常常就帮朋友反问对方：“请教，五谷是哪五谷?”结果都支吾半晌答不出来。其实，五谷在词典中，通常指的是稻、黍、稷、麦、豆这五种粮食作物。其中“稷”是古代的称法，属百谷之长，是帝王祭祀用物，被奉为谷神，但具体所指不详。所以，一般人答不出五谷并不奇怪，我这样反问也属于玩笑。

如果问三皇五帝是谁呢？结果又会怎样？估计情况差不多。因为三皇五帝是远古传说中的人物，离现在太遥远了，况且由于历史文献记载稀少，很多地方又不十分确切，故而导致各种说法很多，莫衷一是，虚实难辨。

中国历史开始有准确的年代记载，是公元前 841 年，就是国人暴动逐走周厉王事件发生后，周公和召公代行天子之职的共和元年。再远以前的历史，便只能通过科学方法进行时间推断。这首先就涉及对夏商周的断代问题。庆幸的是，自 1996 年开始，经专家学者多年努力，中国夏商周的断代问题，基本有了研究结果，认为夏代起于公元前 21 世纪，商代起于公元前16世纪，西周起于公元前11世纪，加起来共2000年。三皇五帝中的五帝肯定在夏之前，之前多远？专家学者推为1000年。也即是说，传说中的黄帝大约在公元前3000年。至于再远的三皇，则无法确切推算出了。

三皇究竟是谁？有说是伏羲、燧人、神农；也有说是伏羲、神农、女娲；还有说是天皇、地皇、人皇。目前比较通行的说法是第一种。历史研究显示，黄帝时期，属于中国远古部落和部落联盟形成时期，这么一来，三皇则应当属于氏族公社时期。伏羲、燧人、神农，作为氏族公社的首领，我认为就不应该是实指哪一位具体人物，而是泛指，代表了原始社会已由母系氏族进入父系氏族社会，我们的祖先分别经历过的渔猎、熟食和农耕三个时期。伏羲、燧人、神农，是作为这三个漫长时期的概括和缩影，而不是具体的三位首领。越远的历史，由于掌握的史料越虚，用概括、浓缩和象征性的人物、事件进行代替，这正是中国古代用传说反映历史的一个特点。女娲传说就是明显例证，它再清楚不过地反映了更远以前母系氏族社会的状况，将女娲当作实有的三皇之一，当然也说不通。

因此我认为，天皇、地皇、人皇的说法比较接近三皇所指，但仍不够准确。据《史记·秦始皇本纪》，秦统一天下后，秦王为帝王名号问臣属，丞相王绾、御史大夫冯劫、廷尉李斯在说了秦王功绩五帝不及之后，接着说，“臣等谨与博士议曰：‘古有天皇、地皇、泰皇，泰皇最贵。’臣等昧死上尊号，王为‘泰皇’。”秦王则曰：“去‘泰’，著‘皇’，采上古‘帝’位号，号曰‘皇帝’。”这便是皇帝一称的来源。同时说明，古人眼中的三皇，更可能的不是实指，而是虚指，是天、地、泰这样高不可及的对象，其中以泰皇最贵，“泰”字古意

"极"也。

关于五帝，也有多种说法，有的还将炎帝列为其中之一，甚至认为神农和炎帝实为一人。我认为这也是错的。司马迁《史记·五帝本纪》中关于黄帝和炎帝于阪泉大战的记载，已经表明炎帝和黄帝属同时代人物。记载同时透露，此时正是神农氏统治已逐渐衰落的时期。神农和炎帝非一个人，由此也清晰可见。炎帝极有可能像黄帝一样，同属于传说中的部落领袖。但炎帝不应归在五帝之列，我认为主要因为传说中的五帝，黄帝、颛顼、帝喾、尧、舜，有着清楚的帝系，而炎帝不属这一帝系。据《史记》记载，颛顼高阳氏是黄帝二子之一昌意的儿子，即黄帝之孙；而帝喾高辛氏，是黄帝另一子玄嚣的孙子，黄帝曾孙；帝尧名放勋，号陶唐氏，则是帝喾之子；虞舜姓姚名重华，都说他出身寒微，母亲早逝，父亲是瞽子，其实根据《史记》记载，他的上上代仍可追溯到黄帝，他是颛顼儿子穷蝉的五世之后。颛顼去世后，帝位没有传给儿子，而是传给了玄嚣之孙，也就是颛顼的侄孙。所以颛顼一脉自穷蝉开始，经过数代以后，逐渐淹没于普通百姓中。隐藏在舜出身寒微的背后，其真实身世是帝族的后代，和黄帝有直接的血缘关系。司马迁的五帝说，源于春秋时期的《国语》，其中《展禽论祭爰居非政之宜》一篇，就是按黄帝、颛顼、帝喾、尧、舜到禹以后的顺序列出了各代帝王。

有学者认为，五帝是传说中的人物，不一定真有其人，进而指出，既然五帝有帝系，以一帝在位 30 年计算，充其量不到两百年时间，作为一个氏族部落的历史阶段，这么短的经历是无法令人信服的。而前述夏商周断代的专家又认为，黄帝约在夏以前 1000 年。这中间的矛盾，问题出在哪呢？况且，孟子也说过“由尧舜至于汤，五百有余岁”（《孟子·尽心章句下》），尧舜至商间隔的500年，不正是夏代经历的时间吗，这又如何作解呢？

必须仍旧回到《史记》。司马迁的记载是不是真的就完全准确，一点差错都没有呢？我的看法当然不是。比如，在《五帝本纪》中，司马迁说舜向尧建议“殛鲧于羽山，以变东夷”，可在《夏本纪》中却又说舜“殛鲧于羽山以死”，两处记载前后矛盾，完全不一样。再比如，如果按《史记》所言，尧在位70年得舜，20年后退位，让舜代行天子之职，退位28年后去世，算起来，尧的实际年龄该是多少呢？大大超过100岁。舜是61岁继帝位，在位39年，也恰是百岁。其他三帝，传说黄帝在位百年，活了111岁；颛顼在位78年，活了91岁；帝喾在位70年，活了105岁。五帝个个都这样高寿，显然不可能，也与后来记载禹在位10年即死，汤建立商朝13年后死，武王灭商仅两年后即死的情况，形成了鲜明对照。这从另一个侧面再次说明，时间距离越远，史料细节的确切性就越可能有问题。在《五帝本纪》的结束语中，司马迁自己就说，要真正搞清楚五帝的事并不那么容易，他不过是经过认真甄别梳理，选择了那些较为确实可信的材料罢了。

综上所述，我的看法是，尽管存在种种值得推敲的疑问之处，《史记》关于五帝的记载，还是可以作为比较可信的史料依据的。这是因为：一、五帝的记载非常清楚，包括各帝的姓名、身世、出生地、经历以及帝位传承、血缘关系和死后葬地等，几乎一一都有详尽交代。如果历史上不是确有这样一个部落联盟及其领袖的传承，不可能有这样既交错复杂，又脉络清晰的记录。二、五帝应属于中国社会从远古时期的部落联盟，朝夏代奴隶社会的过渡时期，即氏族部落发展的晚期。在它前面，肯定还有一个氏族社会相当长的时期，那时社会按血缘关系形成的群落很多，但最后发展为一个由主要部落联盟统治的时期，也即是五帝时期。这个时期的长短，也许与夏商周专家断代时预设的1000年稍有差距，但也不会就是《史记》与上述传说相加的377年，更不是有学者计算的不足200年。这一点，我们依然可以在《史记》中找到凭据。《五帝本纪》中有这样一段，说帝喾分别娶了两个女人，一个生了放勋，一个生了挚。“帝喾崩，而挚代立。帝挚立，不善，而弟放勋立，是为帝尧。”这说明，在尧之前，尚有一帝挚，是尧的同父异母兄弟，但挚被排除在五帝之外，帝挚在位的时间，也因此被忽略不计了。除了帝挚，还有没有类似情况？我认为很可能有。这样一来，传说的五帝时期，事实上不但已经不止六帝，而且还可能更多，史书上关于这一时期的时间记录，自然就不足为据了。我们既无法，也没有太多必要去一加一地计算。但是，《史记》反映的帝系和血脉传承线索是基本可靠的。按我个人估计，这个最后部落联盟的统治时期，不会少于500年，大致在500至800年。所以，我们通常所说的中华文明五千年历史，基本是不错的。三、五帝的传说，反映了华夏族的祖先崇拜，大约起源于夏代，开始流行则是商代，这和商代最迷信鬼神灵魂有关。古书中被废黜的商王太甲悔过故事，反映的正是伊尹为了帮助太甲自新，将其放逐到桐宫。桐宫就是太甲祖父商汤坟墓的所在地。伊尹这样做，是为了让太甲在祖先面前深刻反省。祖先崇拜到了西周，逐渐发展为比较完整的规范制度，最终导致儒家文化敬宗法祖一整套观念的成型。

司马迁在《史记》中说到，舜践帝位39年后，“南巡狩，崩于苍梧之野，葬于九疑，是为零陵。”九疑，即现今湖南境内的九嶷山；零陵，是湖南西南部的永州市（零陵现已属该市的一个区）。舜帝的陵墓在永州市宁远县，接近广西地界。从永州乘汽车到舜帝陵，要走近两个小时，数月前我刚刚去过。整个陵区由陵山、舜陵庙、神道和陵园组成，规模不小。我去的时候，正赶上炎热夏季中时断时续的阴雨，天气清凉，陵区空旷，没什么人。接近帝陵的时候，我手里还撑着伞，离开陵山转身细雨就停了，四周青山滴翠，万物空灵，人感觉格外的清爽。

舜帝是以山为坟，故山的名字就叫舜源峰；附近还有以传说中他的两个妃子名字命名的娥皇峰和女英峰。据称，夏代即开始在九嶷山为舜帝置陵建庙。《史记·秦始皇本纪》载，秦始皇曾经“行至云梦，望祀虞舜于九疑山”。这至少说明，舜帝逝于九嶷山，远在秦始皇时代，就已被认作事实了。

黄帝陵，则是多年前我到延安开会时返回途中路过的。它在陕西黄陵县城北的桥山上，附近山腰有黄帝庙。给我印象深刻的，是桥山遍植柏树，且多属千年树龄的古柏，苍劲挺拔，郁郁葱葱，构成一派庄严肃穆的气氛，让人真切地感受到历史的沧桑而心生敬仰。我当时想，这位被华夏子孙千秋万代祭祀，并被称作轩辕黄帝的人，不管怎么说，应该属我们的祖先对已知最早、最重要部落的一位领袖人物追崇祭奠的结果。从这里开始，中华民族认祖追宗的传统，代代相传，绵延不息。

五帝中另一位声名显赫的先祖，史书称为“其仁如天，其知如神”的尧，据说帝陵位于山西临汾。数年前有学者考证，尧生于攸县丹陵（今湖南皇图岭），葬于攸县尧山。不过也有人认为，尧山实为河北的顺平。这些地方我都没有去过。

苦难的沼泽地

听到文化部原湖北咸宁“五七”干校旧址，不久前被国务院公布为全国重点文物保护单位，那个叫“向阳湖”的地方，正在以名人文化村的名义发掘、整理和规划建设的消息后，我当即决定乘高铁赴咸宁走访一趟。

因为相隔的时间太久，当地知道这个地方的人已经不多了，加上没有道路指引，那天我们去的时候，很费了一番周折。出租车从咸宁市区出发，到达向阳湖镇时，我们除感到四处是拥挤、杂乱的居民建筑外，完全找不到曾经存在着一个农场的蛛丝马迹。直到车开到镇外，眼前出现一大片开阔、平展的冬季田野，隔不远可见一两间或三五间红砖瓦房坐落其间时，才让人相信，我们所找的地方大致不会有错，那些简易的红砖瓦房，正是我熟悉的20世纪六七十年代的产物。

经打听才知道，我们车停田野间的这条路，就是当年干校修的“五七大道”，向阳湖农场实际很大，干校各连队的驻地也分布很散，原来的住房大多已经不存在了，比较完整保留的一处，就在我们刚才路过的镇子里。我猛然想到，先前车穿过镇子，我朝窗外面张望，的确是看见了一个小院子的铁门上，有“五七”两字在眼前一闪而过，当时直觉告诉我，这两个字肯定与干校有关，只是没想到要找的地方正是它，如此小，如此不起眼。

路人见市内出租车跑到了这么一个地方，还以为我们是这座农场曾经生活过的人，来旧地重游。我们解释说不是，只是知道它的存在。其实说真的，一般人，如果跟这里没什么特殊联系，谁会千里迢迢跑来呢？我专程来这里，主要原因是很早以前，就知道文化部有一个咸宁“五七”干校，很有名，只是不知道它的具体位置。1970 年冬，我所在的部队，从河南省偃师县南下到了湖北省潜江县广华寺搞生产，我前前后后在广华寺待了有两年时间，当时就听说，我们到以前，那里曾是一座劳改农场。寒风冷雨和烈日骄阳下的那一段艰苦岁月，每当想到这座农场的前身，我便不由产生一种无以名状的思绪。那一带远远近近的人，嘴里都在说着“沙洋农场”的名字，可见它的知名度非常高，广华寺农场会不会和沙洋农场有什么联系？而潜江县离咸宁不太远，这两处农场又会不会有什么内在关联？由于来潜江时我还很年轻，不到 20 岁，地方上的许多事情不是很了解，而现在我却十分想知道。更何况，潜江农场的生活经历，给我留下了深刻印象，我一直想旧地重游，无奈没遇到合适机会；到咸宁向阳湖农场，则可从另一角度——“文革”期间文化人被驱赶、下放，从事劳动改造——来观察问题，反思历史，更是我愿意的。

车开回去停在小院门口，仔细一看，果然这里就是国务院 2013 年才公布的全国重点文物保护单位——向阳湖文化名人旧址。推开虚掩的、挂着“五七干校”几个字的铁门，里头便显出一个小小的院落。它的正面和两边，各有一栋简易的红砖瓦平房，其中一间的房门打开着，里面有两个工作人员，其余的全关锁着。左面一栋建筑，小牌子上面写着“五七干校机关旧址”。正面建筑的中间一间，是双扇门，看上去像是较大的屋子，门匾上书“向阳湖文化名人旧址展览厅”。我们正遗憾不能进去参观，询问工作人员后，才知道可以自己推门进去。

展厅很旧，条件也简陋，光线不好，里面隔出了几间相通的内室，周围墙上满挂着干校历史资料的文字介绍和图片，一些当年的实物，如冰心用过的一只水壶，摆在文字、图片下方的展柜中。看了资料介绍，我才不由得暗自一惊，原来文化部当年到咸宁“五七”干校的总人数，想不到竟高达6000人！一大批中国现、当代文化界的重要领导和著名人物，如冯雪峰、周巍峙、舒芜、郭小川、沈从文、张天翼、冰心、萧乾、臧克家、张光年、严文井、李季、周汝昌、韦君宜、陈白尘、冯牧等，都在这座向阳湖农场待过，时间长短不一，其中有的再没能走出去。

1969年成立于这里的文化部“五七”干校，到1973年算是基本结束。这段本来不愿为人再记起的岁月，由于咸宁方面的努力，现在逐渐被引起重视，开始了大力发掘历史资源的活动，并促其成为全国重点文物保护单位。我在这里买到了他们编辑出版的《向阳湖纪事》，厚厚的两册，收录了与之有关的许多人的回忆文章，包括劫后余生的文化界老领导、老作家艺术家，当年随亲人一同到这里来的家属、子女以及一般职工干部的回忆文章。这些文章由于个人当年的身份不同，遭遇不同，心境不同，所以流露出的各种感受也不同，阅读了其中的各种代表性文章以后，我的心沉甸甸的，五味杂陈。

怎么说呢？我想，对于“文革”期间深受迫害的那些人，咸宁干校的伤痛记忆，本来应该是他们不愿再触及的，就像原新闻出版署署长宋木文在书序中说的感受一样。而随他们当时一道来的家属、子女以及文化部系统的一般干部职工，情况就不一样了。所以，前者的回忆文章中，多流露出或悲愤、批判，或无奈、嘲讽、调侃的态度。有的甚至连“向阳湖”这个名字都感觉刺耳，不愿提，因为谁都知道那个名称是如何来的，意味着什么。（向阳湖原名关阳湖，也有说叫斧头湖）如果真要说干校曾给了他们什么积极的东西，恐怕充其量也只是身体与意志得到了锻炼，原来身上的某些病痛消失了。后者的回忆文章就不同了，那里面有不少是对逝去的青葱岁月的美好追忆，即使当年条件那么艰苦，对这部分人来说，也只象征生活磨砺，向阳湖在他们的心中，甚至会有一种故乡的亲切感。

酸甜苦辣、五味杂陈，这的确是向阳湖如今呈现给人们的东西，应该说，都有特定的历史环境和客观因素，无可厚非。问题只在于，这里被公布为国家重点文物保护单位，还准备进一步发掘、整理和规划建设，那么它的真实意义又体现在哪里呢？仅仅因为它是一段艰苦生活经历的见证吗？我认为不是。

“文革”期间，全国类似文化部咸宁这样的“五七”干校，可以说数不胜数。在冰心《和郭小川一起到咸宁》一文中，我了解到，冰心后来是从咸宁调到了湖北沙洋中央民族学院干校的。于是，我开始在网上查沙洋。终于得知，沙洋原为建于 1952 年的一座规模庞大的劳改农场，地跨湖北荆门、潜江、天门、钟祥、京山 5 县市，南北宽 58. 8 公里，东西长 36 公里，总面积达 2100 多平方公里。1969 年，在到处纷纷建“五七”干校的背景下，沙洋成了中央、国务院直属机关和湖北省许许多多机构建干校的地方。我前面提到部队在潜江县广华寺的农场，的确就曾是沙洋农场的一部分，也曾在此建了干校。冰心说的中央民族学院干校，就在广华寺抓家台彭河大队，即现在的广华寺街道办事处彭河。于是，我最终弄清楚了潜江县广华寺农场和整个沙洋农场以及劳改农场和“五七”干校之间的这样一种联系，不由得舒了一口气。

天津附近静海县的团泊洼，据说是文化部的另一个干校。郭小川离开咸宁干校后，不久又被押到了这个干校。火车到达北京时，看押郭小川的人受命不准他出站，在站内一直等到转往静海的火车发出。大学时，我读过他写的诗《团泊洼的秋天》。

如果说遍布全国的“五七”干校，都曾是那个癫狂年代真实写照的话，文化部在咸宁的“五七”干校，我认为有着与其他干校不同的特殊地方，那就是它体现的文化的象征意义，在这里被打击和摧毁的对象，不是别的，正是我们国家的文化大厦，是一大批代表着民族文化的脊梁人物和中坚力量。文化是民族之魂，文化人遭到残酷打击、无情迫害和痛苦流放，是构成向阳湖旧址纪念意义的全部核心价值所在。咸宁干校所折射的，是历史的时代的悲剧；承载的，是我们民族文化蒙受苦难的记忆。

我们应该在这样一个清晰认识的基础上，去发掘咸宁“五七”干校的历史文化资源，并做好它的保护修缮和规划建设。也是在这一基础上，我们可以包容因它而产生的种种其他记忆。就好比苦难的沼泽地，如果有美丽的鲜花绽放，谁不知道它肥沃的泥土底下，原来覆盖着无数死难者的亡灵呢？

出乎意料的是，在向阳湖文化名人旧址展览厅参观时，我见到墙上有一张文化部“五七”干校当年各领导机构人员的名单，在中国电影发行放映公司一栏，有洪藏、丁达明、胡健等我十分熟悉的名字，一时让我感到十分亲切。1975 年，我从部队退伍到省电影公司工作时，他们都是上级公司的领导，我们都在不同场合见过面，印象很深。1984 年，我从大学读完书回到省公司，公司经理希望我能到业务部门工作，并对我说，这也是中影公司领导的建议。我当时听了很感动，这些老领导，都是离休年龄的人了，却对一个他们并不十分熟悉的下级公司的年轻人，有着一份期待。

废墟的沉思

尽管去圆明园之前，我早读过宗璞《废墟的召唤》一文，对那片令国人倍觉痛惜、倍感压抑的园林废墟，多少是有些心理准备的。可到了现场，还是止不住内心不断翻涌震惊和悲凉的波浪。那个号称占地5000多亩，外围总长约10公里，包括圆明、长春、万春三园在内，规模无比，美轮美奂，曾被誉为“一切造园艺术的典范”“万园之园”“人间天堂”，内藏无数罕见珍宝的清代皇家园林，你怎么也想不到，如今就只剩下躺在脚下的这几束残垣，几块断壁，一片废墟。

清代，虽为中国历史上最末一个封建专制王朝，也曾经有过康雍乾盛世，堪比汉唐辉煌，算得上是当时世界上实力很强的大国，缘何至道光朝便急转直下，反受外辱，俯首列强，至咸丰朝更被外国人兵临禁城，肆践海淀，火烧皇家园林，而皇室早已出逃，到光绪朝，悲剧又再度重演，联军再劫京城，皇室再次出逃？

自1840年第一次鸦片战争，到1945年中国抗日战争胜利，之间的一百来年，是中国饱受外敌欺凌的时期。其间发生的战端无数，流血御敌并终至惨败的不知几何，而最使人感觉悲愤屈辱和不可思议的，我以为是其中的3次。一次就是咸丰年间的英法联军兵犯畿辅，火烧圆明园；一次是光绪年间八国联军入侵北京；再一次则是1937年日军侵华期间发生的南京大屠杀。之所以在“悲愤屈辱”之外，我还要用“不可思议”4字形容这3次事件，是因为它们均属首都遭敌入侵。特别使人感到难以接受的，是一个泱泱大国，幅员辽阔、人口众多，军队总数也不在对方之下，凭什么就那么快首都不保，被人家跑到自己心脏里头剑戳刀剜，甚至惨遭屠城之祸？三次事件，民族尊严受伤害的程度，实在让人难以言表。

就说英法联军进犯北京那次。当时联军的人数是多少呢？根据清史资料，1860年5月再次北犯中国时的联军，总数也就2万多不到3万人。清军护卫京城的军队数量呢？据说仅京师八旗兵营就有15万之众，还不算可以迅速从周边地区急调前来勤王的军队，特别是正在安徽负责剿灭太平军的曾国藩湘军。可从联军8月24日占领天津起计，到10月13日占领北京，18日焚烧圆明园，中间只有不到两个月的时间。

再看八国联军入侵北京。1900年7月自天津沿运河北进时，八国联军人数约为2万，清军可直接护卫京城的军队，有大约10万人。但联军攻入北京，更是只用了9天时间！进入北京的外国军队，烧杀抢掠，无恶不作。京城百姓尸横街巷、惨不忍睹。经同治年间部分修复的圆明园，再度遭到抢劫破坏，终至万劫不复。

南京保卫战虽然有些不同，日军调集装备精良的军队有30万之多，而南京城国民党的守卫部队，大约只有10万人。南京沦陷，自然与国民党当局先是徘徊于战、和之间，瞻前顾后，举棋不定，后又决策、部署、指挥都失误有很大关系。

或者只像大多数人所做的那样，将其简单归结为体制落伍、当朝者昏聩、国势不振和军队装备差、战斗力不强？几千年形成的民族心理性格上的弱点，是不是也是我们该好好思考的原因呢？比如就我们知道的，拿破仑当年兵败俄罗斯，除了俄军实行避其锋芒、迂回战略、坚壁清野、火烧莫斯科策略，而法军战线过长，供给困难，俄罗斯冬季又特别严寒等原因外，俄国人自发组织、四处蜂起的游击队，使法国军队陷入四面攻击、疲于应付的窘地，也是其中的重要原因。再比如，二次大战期间，德军机械化的中央集团军群虽迅速逼近莫斯科，但苏联硬是全民动员、背城一战，死死守住了自己的首都。这里面，显然都是有民族心理性格原因在内的。

历史上的圆明园，原为明代故园，到了清代，由于游牧民族的生活习性，特别喜爱莽林旷野的自然风光景色，又不习惯暑热，故大兴造园之风，特别是经历了从康熙帝开始的康、雍、乾几世，中华民族的园林艺术遂被推到了历史的高峰，圆明园无论规模、形制还是建筑装饰和园林艺术的讲究，都代表了皇家园林的登峰造极之作。它位于北京西北郊的颐和园以东，原属康熙赐给皇四子胤禛的园子。“圆而入神，君子之时中也；明而普照，达人之睿智也”，是圆明园一称的来源。胤禛（雍正）即位后开始扩建，到乾隆朝，不但向东扩建了长春园，又在长春园北面建了欧洲巴洛克式建筑的西洋楼，还将南面一带的私家园林统建成了绮春园（后改为万春园），加上嘉庆、道光、咸丰三朝，前后经历了150来年，形成有108处景区、数百座亭台宫殿的庞大规模，既是宫苑游园，又兼具朝堂性质，是皇帝听政之所。清代的两个皇帝——雍正和道光，都崩于此园。

以掠夺资源、强开通商口岸、逼签不平等条约为目的的英法联军，为什么要火烧圆明园？始作俑者究竟为何人？据部分历史资料介绍，这和英国人巴夏礼不无关系，是他竭力支持英军全权代表额尔金放火焚烧圆明园的。《民国文存》之《清史讲义》（汪荣宝、许国英编纂）更称，是因为怡亲王载垣捉了巴夏礼，后来又不得不将他释放，巴遂纵火焚烧圆明园“以泄其忿”。《清史讲义》中，还有对巴夏礼盛气凌人、傲慢无礼的细致描述。英法联军打到通州，载垣宴请英法使臣议和，这个巴夏礼，竟在酒过数巡之后，拂袖而起，甩下一句要面见大清帝国皇帝，且各国必须带两千人入京的话，载垣说此事须请旨定夺时，他索性卧榻躺下佯装睡觉，不再搭理载垣了。阎崇年先生所著的《正说清朝十二帝》一书，说法略有不同，称是法军先占领了圆明园，然后联军头目在圆明园“正大光明”殿合议瓜分园内珍宝。焚毁圆明园，是额尔金为掩盖劫掠罪行而出的计谋。10 月 18 日英军三四千人闯入圆明园，派兵四处纵火，至园内浓烟冲天，火光三昼夜不绝，圆明园被烧为一片灰烬。

无论哪一种说法，巴夏礼这个人都是值得注意的。第二次鸦片战争的挑起，甚至直接和他有关，是他 1856 年代理广州领事期间一手制造的“亚罗号”事件，为英法联军次年攻占广州制造了借口，使事件不断升级，导致联军进犯天津和北京。

巴夏礼何其人也？早年不过英格兰斯塔福德郡一小混混而已。后来不得已到中国的澳门学习汉语，遂开始步入政界，先成为英国驻华领事馆译员，后依次升为厦门、广州和上海领事，最后擢升为驻华公使兼驻朝鲜公使，死于北京。英政府起用这么一个人，显然最初是因为他懂得汉语。一个原本身份普通的人，官居要职后，因夹进许多个人劣质品性于公务活动中，遂导致影响国际的重大事件发生，看来这也是值得十分警惕的事情。

对早已成为废墟的圆明园，国内曾有过是否修复重建的讨论。我当时是持反对态度的。令我最不理解的是，中国几乎是世界上城市建设不断变动、拆迁改造最频繁的国家，主客观理由也总有很多。否定的否定，已经成了我们城市建设的常态，不像其他许多国家，别说数十年，就是上百年甚至几百年还保留的建筑，比比皆是。圆明园曾经的辉煌，绝非一些人想象的那么简单，可以轻易恢复重现。那就不如原封不动保存好这片废墟，多少它还是历史，是我们特别不该忘记的那一段历史。

多年前，也曾有好事者筹资巨万，在广东珠海市建了一个“圆明新园”。可如今情形如何呢？据说早已经营不下去了。从商业或其他一些利益角度出发，城市有些规划设计的产生，是我们不屑于说的；从一个国家或城市的理性角度考虑，有些规划设计断不该去做，则是我们必须要发出声音的。

风流云散古战场

在我比较喜欢的唐代诗人中，杜牧是其中一位。他的诗意蕴委婉含蓄，用词造句讲究刻意裁剪却不晦涩生僻，显得十分自然流畅。如《赤壁》一首：

> 折戟沉沙铁未销，自将磨洗认前朝。
> 东风不与周郎便，铜雀春深锁二乔。

有论者认为，对赤壁这样一场惊心动魄，事关三国鼎立局面形成的关键战役，杜诗仅以“东风”和“二乔”为中心描写，立意似欠高远。我以为，这是不会欣赏诗，也不懂古代政权斗争中女人往往有象征性意味的评论。

其实，宋代苏轼那首著名的词《念奴娇·赤壁怀古》，也写了小乔，“遥想公瑾当年，小乔初嫁了，雄姿英发”。也是以美女衬英雄的轻松笔调，而不写孙吴一方如何厉兵秣马，激战犹酣。

罗贯中小说《三国演义》第四十八回，写曹操下令置酒设乐于战船之上，乘酒酣之际，指着江南对诸将说了如下一番话：“吾今年五十四岁矣，如得江南，窃有所喜。——昔日乔公与吾至契，吾知其二女皆有国色。后不料为孙策、周瑜所娶。吾今新构铜雀台于漳水之上，如得江南，当娶二乔，置之台上，以娱暮年，吾愿足矣!”罗贯中的这个情节描写，明显是源自杜诗意境。再往前第四十四回，诸葛亮为了智激周瑜道出与曹操决战的本意时，同样是利用了有所谓“沉鱼落雁之容，闭月羞花之貌”的二乔，说曹操“虽引百万之众，虎视江南，其实为此二女也”。

我们当然不能以为，赤壁大战的发生，果真就是因为两个女人。但女人在古代政权斗争和军事战争中具有的某些象征性意味，却是不能抹杀的事实，对此我已有文章论及，不再赘述。

苏轼另有两篇写赤壁的赋也很有名，即《前赤壁赋》和《后赤壁赋》，也都是在被贬黄州（今湖北黄冈）时所作。不过，苏轼所写的地方，并不是真正发生赤壁之战的地方，人们因了苏轼的词赋名气，才将那里称为东坡赤壁。而真正的赤壁古战场，是在湖北咸宁以南的蒲圻，即现今赤壁市的赤壁镇。

从赤壁市往赤壁镇，还有几十公里距离。那里已经建起了一个规模不小的赤壁古战场旅游景区，不过大都只是些新建的仿古建筑，真正古战场的遗迹并不多。构成景区的主要板块为南屏山、赤壁山和金鸾山。传说周瑜大战获胜之后，情难自禁，于江边石壁上刻下“赤壁”两个大字，据考证，实为唐人手笔，已涂为赤色。石壁下的江边，可散见些许簇拥的乱石。江面还算宽阔，只是江水浑浊，浪流不急。对面望去，江那边已是平展而连绵一片的采沙场，江中停泊着的，也是不少采沙的船只。听人介绍说，整个咸宁地区，目下四处的建筑工地，都是到这儿来取沙。目睹眼前情景，已很难想象千年以前这里曾是烽火连天、刀光剑影的宏伟战场。

倒是金鸾山间的凤雏庵引起了我的兴趣。凤雏是三国另一重要谋士，名庞统，字士元，号凤雏，与诸葛亮齐名。赤壁之战，孙刘联军决定采取火攻曹军的策略之后，是他通过蒋干引荐面见曹操，诱使曹操将战船铁环连锁的，否则火攻不能达到预期效果。只可惜不久后他即在围攻雒县时中流矢身亡。这座庵是庞统在随刘备下山前的避世隐居处，白墙黑瓦的庵前，至今仍存一株巨大无比的古银杏树，相传为凤雏先生当年亲手所植。银杏树不远处的斜坡上，又可见到一棵环绕缠拧成一束的千年古藤。据称，凤雏为曹操百万大军压境而忧虑，正是眼前的环形藤，启发他萌生让曹操水军船只铁环连锁的计谋。

小说《三国演义》中，赤壁之战的主要人物有曹操、诸葛亮、周瑜、鲁肃、庞统和黄盖等，其中诸葛亮处于中心位置，故事主要围绕着他铺开。正是在这几个章回中，诸葛亮被作者描写成一个上至天文地理，下至奇门遁甲之术，无所不通、无所不能、无算不到的人物，几乎是神人。而在上述杜牧诗和苏轼词中，赤壁之战的风云人物却主要是周瑜和曹操。苏轼的《前赤壁赋》中，就有写曹操“方其破荆州，下江陵，顺流而东也，舳舻千里，旌旗蔽空，酾酒临江，横槊赋诗，固一世之雄也”的句子，表明苏轼羡慕的英雄人物，还包括曹操，尽管曹操在赤壁之战中属于败者。

相比之下，周瑜在小说中却显得逊色，几乎成了诸葛亮的陪衬。气量方面不说，他所有心事，即便小肚鸡肠般的猜测，几乎都逃不过诸葛亮的眼睛。在罗贯中描述的赤壁大战中，周瑜这个角色失去了应有的光芒，和唐宋以前人们对周瑜的认知，似乎大相径庭。这与小说经明、清时期反复修改润色，受所谓正统思想的影响不无关系。周瑜和庞统都属英年早逝，死时年仅36岁。

曹操就更不用说了，对方如此简单的设谋，他居然一再中计。先头的离间计不说，主要是后来庞统说服他铁锁战船的计谋，和黄盖在大战前夕用苦肉计诈降，应该说都属明显的反常之举，不难看出其中破绽，且身旁谋臣也有提醒，以曹操为人性格谨慎的一面说，他似不应该犯这样的错误，但他却整个表现得毫无防备之心，刚愎自用、一意孤行，几乎就是按对方设计好的圈套自投罗网。特别是为了衬托诸葛亮的神机妙算，小说还在曹操突围过程中，专门写了他几次嘲笑刘备、诸葛亮无能，称对方如果在此埋下伏兵，他只能束手就擒。结果每次话音刚落，伏兵就已经杀到。这无疑给人一种就情节而情节，为需要而需要的感觉，故事精彩固然精彩，事件和人物的真实可信度却无形降低了。

赤壁之战是中国古代军事斗争历史上以少胜多、以弱胜强的著名战例之一。曹操兵马号称一百万，实际上是八十三万；孙权那边按周瑜说法是五六万；刘备军队按诸葛亮所说“关云长犹率精兵万人，刘琦领江夏战士，亦不下万人”，加起来就是两万；孙刘联军一共才七至八万人。曹操之所以战败，疲师远征并不是主要原因，主要原因是不熟悉水战，曹操又主要采取的是水路进攻，以己之短拼人之长，犯了忌讳，加上他又操之过急，就不能不为自己埋下失败隐患。而诸葛亮和周瑜一系列计谋产生的源头，也正在水战。

“而今安在哉?”这是苏轼在赤壁赋中发出的感叹。今天到赤壁来凭吊这个千年古战场的人们，无论是站在波涛东去的大江之畔，还是行走在岸边山间曲折迂回的小道，对发生在建安十三年（公元 208 年）的这场大战，都不复能确切想象得出当年这里是如何的战前两军对垒、剑拔弩张，密使穿梭、计谋迭出，和大战中如何的千帆盈江、旌旗蔽日，杀声震地、号角连天。那场大战的历史真实情形也好，小说诗词中夸张描写的细节也罢，如今都只能在后人细细的咀嚼中反复回味。至于大乔、小乔两位三国时期风华绝代的美人，不知道什么缘故，几年前我到湖南岳阳楼时，竟在那里见到了她们的坟冢。两座坟是挨在一起的，就在岳阳楼边上。坟冢荒凉残旧，上面野草丛生，不由让人立刻想到了《红楼梦》里“荒冢一堆草没了”的句子。

雁城与石鼓书院

退到40多年前，如果从广州到湖南衡阳，坐直快列车，晚上七点左右发车，到衡阳也已经是次日清晨六点了，足足一个夜晚的时间。而现在，乘高铁只两个钟头就到了。

更无须提衡阳的变化。城区规模扩大了许多不说，气派的街道与高耸的建筑，一片连着一片，就像吹大膨胀起来了的彩色气球，早将过去那一点点单色、破旧的老城区给完全覆盖了，以至让人不复辨认得出从前衡阳的模样。我下榻的那间酒店，建筑装修和空间利用的铺陈豪华，也是夸张得不得了，令人惊讶的同时，不由对它设计的合理性产生了疑问。

此次到衡阳，我除打算跑衡阳县一趟，市内要去的地方其实就两个，一是周敦颐在雁城留下的遗迹，主要是“爱莲堂”；一是石鼓书院，它和濂溪先生多少有些关联。

周敦颐（1017—1073），字茂叔，号濂溪，是北宋著名的思想家、哲学家、文学家，学术界公认的理学鼻祖，其主要著作有《太极图说》和《通书》。不过，中国普通大众对他的熟悉，还是因为他写的那篇脍炙人口、只有119字的文章《爱莲说》。

好多年前，我去江西庐山时，曾为寻访濂溪先生墓地颇费了一番周折，问了很多人都不知道，最后好不容易才在栗树岭找到了它，事后所写的一篇文章，在《羊城晚报》文艺副刊版登出后，还引来周氏家族后人因关切墓地保护和维修情况给我的一封来信。

2014 年，我从湖南永州前往位于宁远县的舜帝陵时，又路过了周敦颐的出生地道县，但那次因时间和路途安排问题，没有能够前往道县参观周敦颐的故居，是为憾事。

相较于出生地和归宿地，和周敦颐关系最密切的地方，应该就算衡阳了。因为自 14 岁父亲病逝后，周敦颐便随母亲到了衡阳投靠舅父郑向，在衡阳生活了很长一段时间，衡阳也因此成了他留下遗迹最多的地方，据说曾有十处之多，不过九处已经不存，仅剩位于华新区栢里村“爱莲堂”的 3 间残屋这一处。

衡阳之行我就没庐山那回幸运了，为寻找这个“爱莲堂”，几乎跑遍了半个衡阳的老城区，无论询问任何身份的人，都一概摇头不知，不说栢里村这个地名，他们连听都没听过，就是“爱莲堂”三个字甚至“周敦颐”本人名字，大多人听见了也是丈二和尚摸不到头脑。这让我感觉十分意外。历史上，周敦颐和“爱莲堂”“爱莲亭”等一批历史遗迹，不是曾经作为衡阳文化的一张名片广为人知吗？这里不是广泛流传着以周敦颐故事为核心的所谓“衡阳情结”吗？怎么它在今天的衡阳人中就如此陌生，像是压根没这个人、没这些事似的？尤其让我困惑的是，资料介绍，当年周敦颐舅父郑向于自家门前构亭植莲的地方，就在今天的衡阳市二中，可当我跑到二中向门房讲明来意后，门房守卫以根本不存在此事而将我挡在门外，再问校内走出的教师呢，竟然一样毫不知情！

一位当地出租车司机见状，便建议我们打电话向市政府询问，可电话那头极不耐烦的一句“不知道”就把我们打发了。再询问市的两个具体职能部门，不管电话怎么打，都一直处于无人接听状态。直到离开衡阳时，另一位本地出租车司机才告诉我们，尽管他自己也不知道有“爱莲堂”这个遗迹，但华新区即是从前衡阳的郊区这点他可以确信无疑，这里近年已开发为衡阳的高新区，柘里村既然在这个新区范围内，很可能就掩埋在了眼前这一大片的新建筑中，或许已经拆掉不存在了也不一定，因为地名街名都变了，也就再没人知道。听司机这么一说，本想做最后一次努力打算的我，只好放弃了。

石鼓书院在衡阳倒是有知名度。它位于雁城北面蒸水和湘水汇合处的石鼓山上，因山得名；面积不大，仅 4000 余平方米，海拔也只近 70 米高度。其前身为唐元和年间（806—820）建的“李宽中秀才书院”，是古代中国最早创立的书院之一。原建筑毁于日本侵华战争时期，1965 年在原址辟建了石鼓公园，2006 年开始重修书院，次年完成。现在的石鼓书院，由山门、书舍、武侯祠、李忠节公祠、大观楼、合江亭、禹碑亭等建筑构成，形制属清代建筑风格。

石鼓书院之建有武侯祠，是因为历史上就有其事。据传，三国时诸葛亮担任军师中郎将，负责督零陵、桂阳、长沙三郡，住宅就建在石鼓山上，后人为祭祀他，便在原故宅处建了武侯祠。历史上游历或和石鼓山有交往的名人还有很多，包括刘长卿、韩愈、柳宗元、刘禹锡、辛弃疾、范成大、朱熹、张栻、文天祥、湛若水、徐霞客、王夫之、曾国藩、左宗棠等等。而周敦颐和石鼓山的关系，则与书院从前的一座“七贤祠”有关。该祠是在最早韩张祠（韩愈、张栻）和后来韩张朱祠（朱即朱熹）基础上，再增加了周敦颐等四位先贤建成的。如今这七位先贤已成了立在石鼓山南面广场一侧的七座雕像。

我在书院购得一本衡阳当地两位作者写的《石鼓书院》一书。书中除收集了大量有关石鼓书院的历史资料外，还用不少文字论述了石鼓书院应列于中国“四大书院”之中的理由。我从前也写过《中国的四大书院》一文，当时就说明“四大书院”之说有不同版本，我采用的是比较通行的说法，即指白鹿洞、嵩阳、岳麓、睢阳（应天府）这四间书院，没有石鼓。石鼓无论是列入“三大书院”之中，还是列入“四大书院”之中，当然也是我听到过的一种说法，有相应的资料佐证。我未选择将其列入，除考虑通行说法的因素外，考察这些书院当时的规模和社会影响力，其实也是一个原因。而所谓社会影响力，我认为主要就是书院山长、讲学者及书院培养出来的学生后来在社会的地位与影响力。

至于石鼓山的得名，我则不认同是源于山上有一面石鼓的说法，而是由于山形酷似一面大鼓的原因，这从所保留的民国照片都能看得十分清楚；或者是与蒸、湘二水在此交汇发出的声响有关，就像厦门的鼓浪屿。我自然也愿意相信石鼓在历史上确有其事，不过那估计是喜欢附会的国人在原名基础上新创出的故事吧。既然《水经注》作者郦道元真的见过这面石鼓，那至少说明，东晋或者再往前，就已经有了关于这面石鼓的故事了。

周敦颐爱莲，是世人知晓的事。他写作《爱莲说》的地方，却不在衡阳市，而在湖南郴州的汝城。那里春秋时期是楚国南部边境，秦代属长沙郡，东晋隶属桂阳郡。汝城现有濂溪书院存。周敦颐是30多岁在汝城任职时写下了这篇流芳百世的文章。

无论今天的中国人如何喜爱《爱莲说》，周敦颐在历史上的出名，毕竟还是因为他属宋明理学奠基人这一重要因素。他的《太极图说》是在广泛吸收前人经学、易学及各种思想精华的基础上，提出了关于宇宙生成的精辟论点，即“无极而太极”“阳变阴合”“万物生生”“变化无穷”的宇宙循环体系。记得那年拜谒濂溪先生墓，在环抱坟茔的后壁上，我就见到了镶嵌有《太极图说》一文的石碑；另一块镶嵌的石碑，刻的则是《爱莲说》。

南汉皇家园林——药洲

自20世纪80年代末开始，我就非常想看看位于广州中心城区教育路的古药洲遗址，只可惜它长期处于封闭状态，愿望也就一直无法实现。

直到2016年5月2日，我从当天报纸刊载的消息中获知，在经历长达20多年的整理维修后，遗址终于在前一天正式开放了。数日后，我兴致勃勃地前去参观了一番。

药洲是五代时期南汉国的南宫御苑，为南汉高祖刘龑在位时所建。刘龑原为唐末清海军节度使、检校太保、同平章事，后加封南平王，于贞明三年（917年）七月称帝，建都广州，国号大越，后改为汉，史称南汉。其王宫所在地，在今天广州市中山四路靠中山五路交界的北端，与秦汉时期的南越王宫署恰处于同一位置。考古部门是在对南越王宫署遗址不断进行发掘整理的过程中，在其所涵盖的南汉地层中，发现了这个建于五代南汉时期的大型宫殿遗址，并确定其为南汉国宫殿遗址，2009年通过媒体向社会公布。

药洲作为南汉的皇家园林，位于南汉宫殿西南不远处，即今天广州市的教育路、西湖路一带。它是在原来天然池沼的基础上，凿长湖五百丈（约合今1600米），与时药洲连通而成的，史称西湖或仙湖；沿湖建有亭、楼、馆、榭，奇石布列、湖光潋滟，既有皇家园林气势，又别具岭南风光特色。奇石中间，“突出者九”，故又有“九曜石”（“九曜”为天上九个星宿之名）一称。关于药洲的得名，有两种说法，一是缘于南汉国聚方士在此炼丹求仙药，一是由于洲上有一种红药。今也有考据认为，古“药”字与“蘥”相通，意即宫廷御苑之意。

南汉自刘龑立国始，共经历了四主约56年时间，以刘龑在位时间最长，约25年。其他三主在位时间分别为，殇帝刘玢仅1年；中宗刘晟约16年；后主刘鋹约14年。钱穆在其所著《国史大纲》中，称南汉国共经历了五主67年时间，是因为他将刘隐也作为南汉君主计算在内。这当然也是一种算法，就像现在列数清王朝君主时，往往也将顺治前的努尔哈赤和皇太极算上，统称为清代十二帝一样。但如果从南汉正式立国算起，则始自刘龑称帝，实际只经历了四主。在不少其他历史文献资料中，南汉国又被说成是经历了五主55年时间，这应该属明显错误。

五代的北汉、前蜀、后蜀、楚、吴、南唐、闽、吴越、南汉、荆南十国中，南汉政权存在的时间相对算长了，仅次于吴越国，与楚和荆南基本接近。即便如此，就这十个小国分别存在的时间而言，却比同期的后梁、后唐、后晋、后汉、后周所谓五代的每一代都要略长，后者每朝充其量也就存在了十年或十年多一点时间，短的才数年（后汉）。而且，五代均位于黄河流域；而十国之中，除了北汉在黄河以北外，其他九国均在长江以南。这不能不说是五代十国分布及延续情况的一个重要特征。

至于为何产生这种情况，钱穆先生给出的分析是，唐中叶以后直至北宋，中国黄河流域的运数似已到了衰落期，不仅关中以西再难复兴，即便是中部的洛阳一带，也不能够再做文化、政治的中心了，中国社会的力量，故而渐次退到了东边来（见钱穆《国史大纲》）。

一个值得注意的现象是，五代的13位君主之中，有3位开国之君都是胡人（后唐、后晋、后汉）；另外两位，一是流寇（后梁），一是募兵（后周）。钱穆因此感叹说，这“正可说明那时的北方中国，已到了最不像样的时代”。而位于十国最南边的南汉，先前中原的官宦士人，此时反倒非常吃香。对刘龑日后称帝起了关键铺垫作用的刘隐，还在南汉建国之前，就十分重视中原士人，他的不少重大决策，均出自中原士人组成的幕府。刘龑称帝后，延续了其长兄的做法，不少中原士人，如赵光裔、杨洞潜、刘浚等，都得到重用，甚至拔居相位。在药洲遗址，我们今天仍可看到，那里笔墨碑刻所留姓氏，多为中原人士。刘龑本人也是中原人，父刘谦，属唐末五代上蔡（今河南上蔡）人。刘谦的长子刘隐任清海军节度使时，刘龑只是副使；刘隐死后，刘龑才升任节度使。刘龑建立南汉国后，用人方面的另一个特点是，州刺史全都不再考虑从武官中任命，这明显是吸取了唐后期藩镇割据之乱的教训。南汉国计有60州、214县，管辖范围最大时涵括了今天的广东、广西、海南3省和湖南南部等地区。由于上述钱穆先生分析的原因，以及五代频繁改朝换代，客观上给江南创造了一定的休养生息机会，又加上南汉国毕竟位于海上丝绸之路的战略要冲位置，这个偏安一隅的小朝廷，当时的富裕程度可想而知。据考证，南汉国君主极其奢华，在当时的广州建造了大批华丽宫殿，有所谓“几百宫殿，上千园林，三重州城”之宏大气象一说。公元 970 年，宋太祖派兵南征，终于在次年灭了南汉国，后主刘鋹被俘投降。

药洲遗址因位于今天广州的繁华闹市，参观之前我便心里有了准备，知道在那个寸土寸金的路段，遗址的保存和修复，都非易事，没想到去了之后，还是为它只剩下这巴掌大一点的地方深感遗憾。可以说，在这个狭长形的小院子内，也就勉强只容下了一方小池塘。尽管里面也建了一两个亭榭，池塘内立了数块“奇石”，院子一边的地上，竖着几块刻有文字的石碑，沿院墙边回廊的墙上，还嵌了少量碑刻、拓片，但整个遗址给人的感觉是，不仅小得可怜，而且空空落落。

倒是入园口一边墙上的一幅苏六朋作于 1854 年的绘画《药洲品石图》（复制品，原件藏于广州博物馆），可以让我们稍稍领略当年药洲的大致情况。画中，药洲似处在两面皆有山冈的中间部位，面积比现在保存的遗址要大得多，它以水塘为中心，有桥、亭、台、馆、舍等一应建筑和石阶、小径，园内奇石点缀、绿树遮掩、竹影婆娑，一幅既清幽寂静又生趣盎然的景象。在今天的广州市，如果想要复原当年的这样一个场景，只须看看遗址三面密密麻麻的楼房屋宇（另一面是门口，紧挨城市马路），就知道那当然是不可能的事。因此，也可以这样认为，五代南汉时期的这座皇家园林，如今仅仅是作为一处遗址，被象征性地保留下来了而已。

从清嘉庆二十二年（1817 年）北平翁方纲撰写的“米题药洲石碑记”看，遗址内原来的“九曜石”，不过是南汉时移到此处的太湖石罢了。奇石后来也多为宋人题刻，其中一块还有“药洲米黻元章题”字样。

船停夷陵

外地人到宜昌，多为游三峡而来。因属水陆联运，这次我只得又选择了跟旅游团。说是团，后来发现就凑到了我们这七八个散客，上船后又方知，同船的游客，绝大部分属往另一条线路去的旅游团队，半道上都要下船，只我们几个，须在江上再行一段才到点上岸。而由于是零星散客，船上竟然无人招呼我们，差点让我们跟着大队人马下错了地方。

不过，就在这支旅游团队先我们下船之前，我见到了较为滑稽的一幕。团队的一位年轻女导游，不停地在用麦克风向他们解释，即将前往的目的地，有一处景点是原计划没安排的，但得到消息说，那儿的门票凑巧今天打折减半，所以临时决定多参观一个景点，希望大家不要错过机会，下船前先到她那儿核实登记，并再三强调，所增费用不多，每人只需 20 元，但机会难得、物有所值云云。可无论她怎么扯着嗓子喊，我见去登记的人就是不多。估计是没达到动员效果，这位女导游后来着实有些生气了，嗓子变得有些嘶哑，言语也越来越有“话外音”，眼看都要刺到游客的自尊心了，听得一旁的我直为她捏一把汗。也许只是因为近年旅游市场投诉多、整顿也比较厉害吧，女导游这才强忍住了没发作。但就此放弃即将到手的一笔收入，她似乎又于心不忍，后来索性用念出每位游客手机号码的方式（不念姓名，以示尊重），一一呼唤对方前来登记，甚至连“如果就几个人不去，坐在外边等大家，别说自己浪费时间和精力，也让其他人玩得不尽兴啊”这样的话都说出来了，但仍然收效甚微。看看场面就要到了僵持地步，游客和她都下不来台，幸好船靠了岸，事情才结束。这一幕，足足有一二十分钟，感叹之余，又觉得似乎有些两头都不好说什么的味道。

这条船最终靠岸的地方，是个小镇，叫三斗坪。上岸后，接应我们的导游才到。大家被告知要在这儿吃午饭，然后乘车去三峡大坝景区参观。

这时，我一眼见到了镇子街道上一幢房屋的门边，挂着写有“夷陵区”几个字的招牌，一种既熟悉又陌生的情感在心中蔓延开来，啊，原来已是在夷陵境内了。

说熟悉，当然是因为夷陵这个地名，还在我很小的时候就知道了。三国逐鹿，让刘备命丧白帝城，蜀国也从此元气大伤、开始走下坡路的一战，正是发生在这个被称作夷陵的地方。这一段故事，也是我幼年看《三国演义》连环画，最为蜀汉兵败感到心痛惋惜之处。还在出发前，我便查看湖北省地图，注意浏览上面是否标有“夷陵”和“猇亭”这两个地名，想着宜昌之行，最好能到这个地界上看看，不想还没从刚才所见的一幕中回过神来，眼前就已经是了。于是，趁着大家还在等午饭的时间，我一人四处望了望。

这里果然地势险要，若以古代战争术语描述，甚至可称得上是凶险。四周全是密密的崇山峻岭，一条大江横贯其间，左右直逼两岸山崖。依这样的地势，群山之间照理只留给了江水流经的位置，再容不下其他。因此，小镇上呈线状排列的房屋，镇子傍江边的一条道路，一看就知道不过都是后来人工强挤进来的产物。遥想三国战事发生的年代，这里当属鸟兽啸鸣、人迹罕至之地，别说车道，即使是羊肠小径，恐怕也只能从拨开的没膝野草中细细找寻。

这还是在修建了葛洲坝，据说西陵峡水位因此抬高了20来米的情况下，要在从前，江畔山势，想必要比现在见到的更加陡峭险峻。

夷陵之战发生的具体位置，当然不是三斗坪，而是离这里不远的猇亭，那里现属宜昌市的另一个区。但那场著名战役，毕竟是以“夷陵之战”之名记载的，从战事的规模与范围来说，我认为也无疑涵盖了整个夷陵地界。《三国志·吴书·陆逊传第十三》就说：黄武元年（222年），刘备率大军从巫峡、建平扎寨数十个，一直到夷陵地界（“备从巫峡、建平连围至夷陵界，立数十屯”）。罗贯中的《三国演义》虽非史书，但内中一些细节描写也可供参考。如第八十五回，开首有这样一句，“却说章武二年夏六月，东吴陆逊大破蜀兵于猇亭彝（夷）陵之地”，就将这场战事的地域范围作了较大涵盖；在写吴、蜀两军对垒，几次大小战事发生的时候，地点也是忽而说到夷陵，忽而提及猇亭。如第八十二回，吴将孙桓引军与蜀汉张苞、关兴交战，孙桓败走，书中就说他是先逃进了夷陵城，旋即又被蜀将吴班包围的。再说，刘备“连营七百里”虽有点夸张，但扎寨四十屯，也绝非是个小数目，没一定的地域纵深，是很难容下的。而蜀军沿江南进，三斗坪又难保不是所经之地。因此，那场战役最终被定名为夷陵之战，不是没有道理的。至于猇亭，当然是这场战役最集中、最激烈也最起决定性作用的一战。

夷陵是战国时的楚邑，因“水至此而夷，山至此而陵”得名。西汉时置夷陵县，三国吴黄武元年（也即是蜀汉章武二年）改为西陵县，是吴国西部边界的军事重镇。而彝陵一名，则是到了清顺治年间才使用的名字。后又经东湖县、宜昌县、宜昌市数度更改；直到现在，夷陵才成了宜昌市（地级市）一个区的名称。经历这么长时间的变动，我想，夷陵原址的地理位置，应该多少已有了些变化。

宜昌市内现设有五个区，其中三个是和三国故事有密切关联的。夷陵、猇亭外，还有一个点军区，是关羽威震一方时，曾在此点视兵马而得的名。

因为过了午饭时间，岸边镇上的这家餐馆很冷清，就我们一行数人用餐。我最早放下了筷子，一个人又到外面站了会儿。

关于吴、蜀双方夷陵一战的战术运用，后代人评议很多。如近代学者卢弼在其《三国志集解》中，就曾引用清代学者钱振鍠的评议，大意是说刘备败于陆逊，主要因为前者错误地采取了连营四十囤，且伐木为之的策略，给了后者火烧连营的机会。若刘“土石为之”，陆也许将奈何不得。

而据说毛泽东当年读《三国志集解》时，对钱氏如上评议则有不同看法，认为“‘土石为之’，亦不能久，粮不足也。（刘备）宜出澧水流域，直出湘水以西，因粮于敌，打运动战，使敌分散，应接不暇，可以各个击破”。（见《毛泽东评说中国历史》，赵以武主编）

钱氏评议自然属书生之见，因为刘备的兵败，在我看是必定的，而非以什么样材料安营扎寨的问题，理由两点：一、蜀军长途袭吴，主要是为报关羽被杀、荆州被夺之仇而来，尤其刘备，既“骄”——不把东吴放在眼里，且“躁”——充满怨气和怒气，有点失去了理智。这样一支前来交战的军队，无疑犯了兵家大忌，所以失败是预定了的。陆逊敢以“一介书生”身份临危受命，并有意识地采取避其锋芒、坚守不出、按兵不动的策略，就是因为看到了刘备军队的这个弱点，以逸待劳，耐心地等待最佳歼敌时机的到来。此点，《三国志》略有提及，《三国演义》中却有大篇幅的描述，甚至能让读者感到刘备简直是到了利令智昏、无可救药的程度。二、也是陆逊认为的，蜀军进攻没有采取水陆并进策略。《三国志·吴书·陆逊传第十三》描述这一事件时，用了陆逊交战前对将士所说的一段话，其中有“臣初嫌之，水陆俱进”，意思是说，自己当初最害怕的就是蜀军水陆并进，而现在对方并没这样做，于是他更有了战胜对手的信心。

陆逊分析刘备失败原因的这个看法，起初我也不十分在意，感觉只是一般说辞。可当处在了夷陵地界，亲眼见到了这一带的地形地貌后，才觉得陆逊果然睿智，是个精明的战术家，此说的确在理。三斗坪周围的地势，其实在夷陵很有普遍性，它所在全区百分之三十左右的面积都属中、高山地，海拔在800米以上；还有近百分之五十的面积属丘陵山冈。而猇亭区，也是百分之七十面积属低山丘陵，境内的大小河流更是密达百条。可想而知，在这样的地形条件下，进攻方若采取水陆并进战术，将会令防守一方处于二者难以兼顾的被动地步，更遑论对其实施“合兵夹击”的围歼战术。（“掎角此寇，正在今日。”——陆逊语，见《三国志·吴书·陆逊传第十三》。掎角：比喻作战时分兵牵制或合兵夹击。）

至于毛泽东的分析见解，我认为虽不无道理，他毕竟是打运动战的老行家，但没有点到刘备指挥失误的关键穴位。

刘备败走后陆逊为什么没乘胜追击？《三国志集解》也引用清代学者何焯的见解，认为此时吴军骄惰，若溯流而上，攻守易势，将必败无疑。不想毛泽东对此却又表示了赞同意见。我则认为，陆逊思考问题的焦点其实并非在此，而主要是担心“螳螂捕蝉，黄雀在后”。他若这样做，难保不会让北面的曹魏之军乘机来袭，最后落得个“鹬蚌相争，渔人得利”的结局。对这一点，无论《三国志》还是《三国演义》，都有非常清楚的记载或论述，应该是陆逊思考问题的真实落脚点。事实上，曹魏军队后来也真这样做了。

夷陵之战，可探讨和评议的地方还有不少，特别是孙权用人的准确恰当，以及陆逊作为个人的胆略与才智，对后人都很有启发。

很快，在餐厅吃饭的人也都出来了。我们乘车离开三斗坪镇，开始了沿陡峭的山边道路向前行驶。导游告诉我们，三斗坪的得名，是源自这里自然条件不宜农业，种稻米只有三斗收成之故。我们朝窗外望去，果见四周山脉俱为黑褐色的坚硬岩块，覆土甚少。据说，附近村民多外出务工了；余下的不少从事与旅游相关的行业，有些则在路旁骑着小三轮，向游客兜售当地产的花生、柑橘、核桃、板栗等农副产品。不过看他们的脸上，多有安然无所谓和自得其乐的表情。

只一会儿，我的思绪不知为何就又回到了夷陵之战上。

让我始终弄不明白的一点是，蜀汉当初为什么会在战略布局上取了如下态势：关羽据守荆州，刘备驻防白帝城，诸葛亮却坐镇成都？毛泽东认为，这种“三分兵力”的做法，始自一开始就错误的“隆中对”（见《毛泽东评说中国历史》）。我不同意这个看法，大致理由《在历史文化间行走》第一卷的相关篇章中可见到，此处不赘述。但荆州失守、关羽被杀，刘备率大军出征伐吴，这样的大事，诸葛亮别说应该在第一线指挥，起码也应该是伴随刘备左右才对啊。可他却远处西蜀，对前线战事根本用不上力，甚至连得到的消息都是迟来的。这一遗憾，《三国演义》有生动描述。可为什么会发生这样低级的错误呢？真是令人百思不得其解。

杀威军阵化陶泥

1974 年 3 月的一天，让陕西省临潼县西杨村一个普通农民怎么也没想到的是，他在打井中无意挖到的碎陶人，竟成了一件轰动世界的新闻。考古探测表明，就在他打井的那一片地方，地底下埋着一个两千多年前的秦代兵马俑坑；被他挖到的东西，正是其中一个陶制武士的头颅。

持续发掘的结果更令人吃惊，是一共发现有三个这样的兵马俑坑，坑内埋藏的陶制兵马俑多达 7000 余件，木质战车 100 余乘，各类青铜兵器数万件，俨然一支庞大的地下军团。这些陶制兵马俑队列整齐、阵容威严；陶俑均按真人、真马的大小比例制作而成，武士装束从发饰到服饰均有不同，人物面部表情神态逼真、差异万千，仿佛就跟真的军队一样。埋于坑内的青铜兵器，虽历时两千年之久，经测试却锋利如初。如此规模宏大的考古发掘，及其所展现出来的古代巧夺天工、制作精良的技艺水平，堪称世所罕见，很快被誉为继世界七大奇迹之后的第八大奇迹。

也是那位农民，不知是自己意识的，还是受了当地部门动员，直到我去参观兵马俑博物馆的那年夏天，他还像块招牌似的坐在博物馆外面，乐得被过往游人议论不已。有人却告诉我说，那不过是他的一个替身，真正的他，大小在当地也算是个名人，早忙其他活去了。听来让人觉得有趣。

那天，出了博物馆的门，盛夏的阳光火辣辣的，烤得人真像是要脱一层皮，于是我们迅速钻到一处榆树的树荫底下。南方即便这样，也仍会感到闷热，但在北方树荫的下面，可谓凉风习习，吹在身上的感觉很舒适。打这朝西面方向一公里以外的地方望去，是秦始皇陵园所在地，兵马俑坑，是皇陵的陪葬坑。

因秦皇陵地宫的庐山面纱至今仍未揭开，发掘到的这些兵马俑坑，自然便成了人们尽可能对皇陵藏宝发挥充分想象的对象；地下军团布阵威仪的方队，也令人想到了当年秦国那支横扫六合、所向披靡的虎狼之师。

秦皇陵地宫的情形究竟如何，司马迁在《史记·秦始皇本纪第六》中这样写道：始皇刚即位时，就已经派人在骊山为他营造陵墓；兼并六国后，秦一共调集了70万囚徒来修建这项工程。为建地宫，挖过了三重泉水，用熔化了的铜液浇注地宫的石缝，然后才将棺椁放进去。墓中建有宫殿，列有百官，装满了各种奇珍异宝，还在里面装了带有机关的弓弩，一旦有人走近，弓弩会自动发射。地宫内，有用水银铺成的江河湖海，顶上镶有象征日月星辰的夜明珠，下面是各种地理景观；用鱼油制成的蜡烛，可以久燃不灭。

仅仅阅读这一段文字，秦皇陵地宫营造的规模气象、内藏的奇珍异宝以及机关重重的布局结构，就足够让人惊叹了。何况，司马迁的描述，我们还不知道究竟说到了它的几分之几。因为据史料记载，当年建造地宫的那些工匠以及所有跟搬运地宫殉葬物品有关联的人，在地宫一建造完就被统统杀掉了，没一个能活着出来！因此，关于地宫的整个情况，根本不可能有人真正说得清楚。

和秦皇陵地宫一样成为谜的，其实还有秦始皇的身世和相貌。关于身世，史料称，秦始皇为嬴姓，赵氏，名政，是秦庄襄王之子。秦昭襄王四十八年（公元前259年）出生在赵国邯郸，公元前246年13岁即位为秦王，前210年暴死于沙丘平台（今河北平乡）。可不少熟悉历史的人都知道，在秦始皇这一身世的背后，是司马迁写《史记》时就已经有的一种说法：秦始皇实际并非庄襄王之子，而是相国吕不韦之子，是后者实施偷梁换柱阴谋中意外收获到的结果。其中过程，《史记》中有较为详细的描写。至于像司马迁这样秉笔严肃的史学家，为什么也会津津乐道于这样一件无法得到实证的传闻，是真掌握有一定的史料依据，还是仅仅根据野史的说法，我们不得而知。照理，涉及这样深度的隐私内幕，当事人若不吱声，就属于是天知地知、你知我知的事，旁人自然无法搞得清楚。而吕不韦即使吃了熊心豹子胆，料也不会愚蠢到了要自己挑明这层关系的程度，所以这只能是一个谜。但从后来秦始皇先是将长信侯嫪毐车裂，陈尸示众，灭掉了其整个家族以解心头之恨，接着又将相国吕不韦罢官，后者因畏罪而不得不自杀等种种迹象，以及吕不韦作为一个唯利是图、算计精当的商人身份看，我个人认为，是完全不排除有这种可能的。

关于秦始皇长相，《史记》借尉缭与人交谈时的一句话这样形容：秦王这个人，高鼻梁，长眼睛，胸脯长得像鸷鸟，声音听起来像豺狼，刻薄少恩，心如狼虎（“秦王为人，蜂准，长目，鸷鸟膺，豺声，少恩而虎狼心。”）。后面一句“少恩而虎狼心”，属于对秦始皇个性及为人的评价。秦始皇的事功和为人，我在《丙申年夏登泰山》一文中，谈到过司马迁、贾谊二人的评判观点，后来读了《容斋随笔》里的两篇笔记文章，觉得洪迈观察秦国和秦始皇的角度很特别，也可以作为重要参考。

其中一篇笔记叫《秦用他国人》，不长，全文如下：

> 七国虎争天下，莫不招致四方游士。然六国所用相，皆其宗族及国人，如齐之田忌、田婴、田文，韩之公仲、公叔，赵之奉阳、平原君，魏王至以太子为相。独秦不然，其始与之谋国以开霸业者，魏人公孙鞅也。其他若楼缓赵人，张仪、魏冉、范雎皆魏人，蔡泽燕人，吕不韦韩人，李斯楚人，皆委国而听之不疑，卒之所以兼天下者，诸人之力也。燕昭王任郭隗、剧辛、乐毅，几灭强齐，辛、毅皆赵人也。楚悼王任吴起为相，诸侯患楚之强，盖卫人也。

这里，文章只列出了一些基本事实，并未展开说理，但其中蕴涵，似乎已不言自明。能从这样的侧面寻找秦国崛起的重要原因，洪迈的观察可谓独辟蹊径。

另一篇《秦隋之恶》，罗列的是历史上两个短命王朝招人评议的许多事实，比较长。尤其讲秦之“恶”部分，文章引述了汉代许多代表性人物的言论，包括张耳、张良、陆贾、贾谊、晁错、董仲舒、主父偃、淮南王刘安、司马相如、刘向、刘歆等，攻秦角度几乎涵盖了为政、用人、待民、刑法、税赋、礼乐典籍、学术文化及秦始皇个性、为人等各个方面。讲隋之“恶”的部分，也引述了包括唐高祖李渊、唐相魏征及柳宗元等重量级人物的议论。可想而知，这样一些人批评秦、隋的言论，别说言辞尖锐犀利，就连语气都不会是客气的，以至令读者有种众口铄金、三人成虎，一棍子将秦、隋两朝整个打翻在地的感觉。

问题是，洪迈列举了如此多的重要评论，却没表明自己的看法，还在文章开头写了这样一段话："自三代讫于五季，为天下君而得罪于民，为万世所麾斥者，莫若秦与隋，岂二氏之恶浮于桀、纣哉？盖秦之后即为汉，隋之后即为唐，皆享国久长。一时论议之臣，指引前世，必首及之，信而有征，是以其事暴白于方来，弥远弥章而不可盖也。"大概意思说，秦、隋所以被人称恶，并非由于这两个王朝比夏桀、商纣还更恶，而是因为秦之后为汉，隋之后为唐，汉、唐均属存国时间较长的朝代，又分别离秦、隋很近，所以，一旦提及吸取治国理政教训，秦、隋这两个朝代自然会首当其冲，他们的错误自然也会暴露得最清楚。

从这段话看，洪迈写这篇笔记的初衷，其实还主要是观察问题的方法，意不在那些评论本身。而且很具意味的是，作者在列举了汉、唐人物议论秦、隋之恶的言论后，结语都一律用了"凡汉人之论秦恶者如此"，和"凡唐人之论隋恶者如此"这样统一概括的字眼，也像是为了要表明这里只概括现象，不涉及臧否。其实，这等于是回应了他在文章开头所写一段话的意思，对历史及人物的评判，有时会和某些客观的侧面与角度相关。

读《容斋随笔》，能让人感觉到作者不仅涉猎广、知识渊博，文章也很有见地，持论较为客观，考证比较严谨，不愧为"可以稽典故，可以广见闻，可以证讹谬，可以祛疑贰"（李瀚语）。难怪该著不仅被《四库全书》收录，还被总撰纪昀等学者评为南宋笔记小说之冠。据说毛泽东也十分喜欢它，临终前提出要看的最后一部书，就是这部《容斋随笔》。

毛泽东1973年写给郭沫若一首诗中提到的“百代都行秦政法”，不是泛指，而是特指，是对秦以后历代都仿效实行的郡县制进行的褒扬。学者们在阐述四大文明古国，为什么就只有古老的中国文明能不发生断裂而延续至今时，论证的理由很多，有人甚至认为这主要是因为汉字结构特殊的原因。我则认为，这也许正和秦以后历代都实行的郡县制有关，是“大一统”观念才导致虽然中国后来也经历了不同时期的分裂与动荡，包括少数民族执掌国家政权，但由于现行体制具有超强的稳固性，政令的自上而下便成了后来统治者能够顺利接续的事，是可供利用的现成遗产，他们既没必要，也很难做到再推倒重来。也是由于这样，文化于其中才有了一脉相传的可能。没有前者，很难有后者。我们看古埃及、古印度和古巴比伦文明，就不是这样的情况。

毛泽东那首诗的最后两句还说：“熟读唐人《封建论》，莫从子厚返文王。”《封建论》，指的就是唐代柳宗元（字子厚）写的一篇否定周代分封制，肯定秦以后推行郡县制的政论文章。而前面一句“祖龙魂死秦犹在”，直接针对了晚唐章碣《焚书坑》诗中的“竹帛烟销帝业虚，关河空锁祖龙居”，反其意而对秦的历史功绩大行赞赏。

秦王朝既给后世留下了丰厚的遗产，也留下了深刻的历史教训。秦皇陵陪葬坑内阵势威严、杀气腾腾的兵马俑，如今看来，不啻是这两样东西生动而形象的写照。

崖门海战和“南海Ⅰ号”

崖门海战又称崖山海战，是南宋朝廷抵抗北方蒙古族军队的最后一战，发生时间在1279年，地点在广东新会崖山附近海域。此战涉及的人数之多和战况之惨烈，为中国海战史罕见。据称，仅宋朝的人数就有20万（实际绝大多数应为非战斗人员及宫廷眷属），战船千艘；元军人数约2万，战船400余艘。但战役的结果却是宋朝军队全军覆没，左丞相陆秀夫背负年仅8岁的皇帝赵昺投海自尽，南宋军民水面浮尸总数达十余万；军事指挥、枢密副使张世杰战船虽冲出重围，却不幸遭遇强风至船覆人亡。偏安一隅的南宋王朝，一路流亡南下，终以一曲悲歌的形式落下了最后的帷幕。

20世纪90年代中期前后，我正在研究广东文化建设规划，听到来自新会方面的消息说，当局有在崖门海战遗址打捞沉船的计划，这让我感到振奋，认为它对充分利用宋元海战的历史资源十分有益，对提高新会在国内外的知名度也是一张战略好牌。想想看，埋有千艘战船和残存兵器以及十数万军民累累白骨的古战场，南宋王朝灭亡前的最后一幕，若是能生动地再现于今，即使非全部，只是局部，对世人也是一件多么振奋的事情啊。可大概因为水陆变迁的客观原因，崖门海战发生的确切区域现已较难确认，关于发掘打捞的情况，我后来也就再没听到什么下文。倒是崖门海战文化旅游区项目在新会建成了，占地千亩，形成一处集行宫、皇家园林建筑和各种庙、祠、楼、亭、碑等纪念物于一体的景观，为人们了解这段历史提供了一个去处。

关于崖门海战，我一直有疑惑的是，风雨飘摇的南宋流亡朝廷，为什么会选择新会这块海滨区域作为它的落脚地？

根据史料，元军攻破临安，掳走了谢太后和宋恭宗之后，端宗赵昰随即在福州称帝。元军接着进攻福州，陆秀夫、张世杰不得不护卫宋端宗及其弟赵昺从海上向南继续流亡，一直到了位于现今广东雷州湾附近海面的硇洲岛（有些史料将“硇”字误认为是“冈”字读音）。宋端宗次年病死于该岛，陆、张等又拥立赵昺称帝，然后移驻到了新会。

这样问题便产生了。流亡朝廷既然已经到了雷州半岛，离海南岛也十分近了，硇洲属弹丸之地的小岛，固然不可守，他们为什么没登上咫尺之遥的雷州半岛落脚，也没去海南岛这个大岛，而是相反，掉转了头来，朝自己原先兵败福州的东北方向沿海而去，那不正好与元追击的战船正面相迎吗？

这一有悖常理的举动，究竟是什么原因呢？是陆、张低估了元南下追击军队的力量，有意为之，决心与元朝抵抗到底，还是由于海上漂流，无法控制的潮汐风浪使然？我一时找不到确切答案。至于崖门之战宋军指挥的明显失误，那当是另一回事了。

崖门海战中，让人唏嘘不已的是左丞相陆秀夫这个人物。他原本文人出身，性格内向，为人低调，不太擅长应酬，甚至不太爱说话，但在南宋危亡的关键时刻，却挺身而出，发挥了顶梁柱作用，这样一个朝廷重臣的形象，史书上似乎并不多见。崖门决战中，他眼见军队溃败，宋朝大势已去，更是表现出了誓与江山社稷共存亡的士大夫精神，先是让自己的妻儿蹈海，接着背起幼帝赵昺投海赴死，成了这曲悲壮挽歌最撼人心魄的一幕。关于他的墓地，广东新会和开平的两地地方志均有记载。大约 10 年前我出差到汕头，一天早晨，也不知什么原因，在南澳岛一个偏僻小路上散步的时候，走着走着，无意间我就离开了小路，朝路旁的杂草丛中走去。没想到，在里面我竟也意外地发现了一座荒凉已久的陆秀夫墓。我当时很吃惊，因为南澳岛离陆秀夫投海自尽的新会崖山，少说也有 1000 公里，此前我没听到过说这里有他的墓。从墓的荒凉程度看，也是处在一种自然的状态下，没受到什么专门保护。根据常理推断，我想它应该是当地人有感于陆秀夫的事迹，很早前就为他建的一座衣冠冢。记得在墓碑前，我当时还静静地站了好一会儿。

南宋末年的另一著名历史人物文天祥，和陆秀夫同为文人出身，崖门海战前在广东潮阳一带抵抗元军，后不幸于海丰兵败被俘。被俘后的文天祥，表现出了凛然正气，誓死不降，并抗拒元军将领张弘范（南宋降将）的威胁，拒绝给崖门宋军守将张世杰写信劝降，在被押南下的船上，写下了传颂千古的诗篇《过零丁洋》。崖门海战结束、南宋灭亡后，张弘范再次对文天祥进行劝降，同样遭到拒绝。数年后他在元大都狱中被害身亡，死前于狱中写下的五言长诗《正气歌》，成为民族气节的光辉象征，流芳后世。

我一直不赞同一些学者认为宋朝非但不弱，实际还很强的观点，并在《俯仰天地岳阳楼》一文（见《在历史文化间行走》第一卷）中论及了相关理由。不久前，我在书店又看到了一本名为《弱宋——造极之世》的书（作者陈胜利），以为与我观点接近，来不及翻一下就买了。等回家一看才知道，它同样是一本认为宋代不弱的书。作者在引言中不仅称“弱宋”的看法不全面，还进一步指出，“站在精神层面、文化的立场，宋代堪称‘盛宋’”。根据之一，是著名史学家陈寅恪先生说过的一句话：“华夏民族之文化，历数千载之演进，造极于赵宋之世。后渐衰微，终必复振。”

陈寅恪先生的话当然没错，宋代文化的繁荣确是事实。我在上面提及的那篇文章中，对此也做了肯定，并认为这和宋代的社会环境有联系，即一方面是鉴于唐后期藩镇势力坐大、五代十国武力相伐、宋太祖自己又有“陈桥兵变”“黄袍加身”的亲身经历，宋自开国后便“杯酒释兵权”，解除了一大批武将手中握有的兵权，推行重文抑武的治国方略，以后的历代皇帝，也都积极推行这一方略。这种背景下，于文化的繁荣而言，无疑是提供了较有保障的宽松环境。另一方面，是宋代没有像一般传统中国社会那样采取重农抑商的政策，这使得宋代商业处于比较活跃的状态。而商业的繁盛，对科技文化的发展自然也是不可或缺的重要条件。仅以宋代的出版印刷业为例，我们便可看出其繁荣发展到了何种程度，据说它“刻印书籍的数量之多、技艺之高、流传范围之广，不仅远远超过汉唐，某些方面还在明清之上”（林樾：《帝国的崛起与没落》）。如此繁荣的出版印刷业，可想而知对科技文化的传播会带来多大益处。

但不管怎么说，文化之盛，毕竟不能构成一个国家强盛与否独当一面的理由。否则，历史上的春秋战国我们又该怎么看呢？难道可以说日益衰落的周王朝，其内在仍然是强的吗？当然不能。而有学者因两宋文化之盛，美称其为“第二春秋战国”，不正好也从另一个侧面说明了，宋朝文化的辉煌，不足以遮盖它国势不强的一面吗？

当然，宋朝究竟是强是弱，有不同看法是正常事，有争论也不奇怪。我只是觉得，《弱宋》一书的作者，在举例说明自己观点的时候，有些例子用得太过牵强了，似有“为赋新词强说愁”的味道。最典型的一处，就表现在崖门海战上。因有不少中外史学家在论及此战时，用了“崖山之后，已无中国”这样的话，它原本意思很清楚，是对这一战之后古典意义中国已经终结的评论。可作者却说：“这既是宋亡的挽歌，又何尝不是对宋代历史地位的肯定呢？”硬是将与宋代强弱风马牛不相及的这个评论，和自己关于宋代不弱的观点挂上了，这难道不显得牵强吗？

还有，在比较宋金前后两次签订和议时，作者拿后来的“隆兴和议”，宋金两国叔侄相称，“岁贡”改为“岁币”，银捐各交 20 万两匹等条款，和早前的“绍兴和议”宋向金称臣，每年向金贡奉银捐各 25 万两匹等条款相比似乎算一个进步，来替宋孝宗“恢复之志”做辩解，无非是想说明宋非各代皇帝都无能，宋朝也不是一直都弱。这种“五十步”比“一百步”的方式，不也令人啼笑皆非吗？

事情都有两面。作者认为最有作为、在书中最表赞赏的宋代君主，是开国皇帝赵匡胤。可在我看，宋代积弱的始作俑者却正是这个皇帝。原因就在他所实行的重文抑武方略，脱了常轨，走了极端，是对历史教训的一种过度矫正，由此造成了宋代国防脆弱的开端。纵观宋代的军事力量，它拥有的军队数量不可谓不多，但普遍缺乏战斗力却是基本事实，不然怎么会受辽、金甚至西夏这样的小国欺凌如此之久，最后亡于蒙元呢？导致这种情况的产生，从源头上说，都和宋太祖有关。说赵匡胤是乱世的终结者不错，但说他伟大却未必。他心中的那点“小九九”——害怕由他自己导演的“黄袍加身”历史剧会重演，不惜对宋朝军队力量采取削弱、抑制的做法，被证明是开了一个很坏的头，以至贻害无穷，最终将大宋的整个江山都给葬送了。而他之后两宋各代君主，又不乏生性怯弱、贪图安逸之辈。因此说到底，朝廷的目光短浅和软弱无能，是宋弱的最主要原因，不独军队战斗力普遍不强这一事实。崖门一战，最使人感觉悲壮惨烈而又愤然不平的是什么？是宋朝的软弱无能，是面对这样的朝廷，陆秀夫、张世杰等忠臣即便赴死一战也“回天无力”，是10万军民的陪葬大海。而这样让人感到愤然不平和悲壮惨烈的一幕，还在岳飞抗金时就已经上演过了。

打捞崖门海战沉船之事虽一时没了下文，可1987年在广东阳江海陵岛附近海域发现的一艘宋代商业沉船，却十分万幸，经过长期努力，终于在2007年12月22日被成功打捞浮出了水面，它立刻成了国内外轰动一时的新闻。

海陵岛在新会西南方向，离新会不十分远，大约处在新会和硇洲岛中间的位置上，应该是当年陆秀夫、张世杰及赵昺的流亡朝廷海上经过的地方。

经专家推测，这艘商船的年代属南宋中晚期，估计是从中国东南沿海的某个港口装载货物后，在向南亚或西亚某地航行的过程中沉没的。船内满装的是用于商业贸易活动的货物，以瓷器为主，还有部分金、银、铜等金属制品。或许也有丝绸和纸张等物，只是由于遭海水长期浸泡，现已分解不存。沉船经考古工作者清洗整理出来的文物，目前总数已达一万数千件、套，铜钱一万数千枚。2008 年，位于阳江海陵岛上的广东海上丝绸之路博物馆建成开放，“南海 I 号”沉船就存放在馆内的“水晶宫”。

博物馆开馆约两年后，我到“水晶宫”参观过这艘被打捞起来的沉船。当时船内仍满是厚厚的淤泥及海底凝结物，需考古工作者仔细地逐层清理。部分发掘出来的文物，则已陈列在博物馆展室的橱窗中，其造型的精美、技艺的精良以及保存下来的完好程度，令人见了大为赞叹，不禁联想起当年宋朝繁盛的海外贸易，当时在这条漫长海岸线上留下过多少大小船队的航迹，也曾留下了多少片梦想的孤帆远影。海洋贸易的发达和航海技术的进步，刺激了宋代造船业的突飞猛进，以至“当时中外商人乘坐的船只大都是‘中国制造’，往来于印度中国之间的几乎全是清一色的中国船”（《帝国的崛起与没落》）。可惜的是，这一切都随崖门一战而灰飞烟灭。如今的后人，只能隔在展橱的玻璃外，从瓷器和金属器边缘折射出来的闪闪光泽，啧啧有声地欣赏着这大宋王朝留在上面的一抹余晖。

宋代是一个极具复杂性的历史朝代，人们在看到它弱的同时，自然不该忽视它在商业、科学技术和文化建树上留下的浓墨重彩一笔。

大元帅府

乘船经广州江湾桥一段珠江水面时，可见到南岸靠桥东一侧不远处，耸立着一座中西结合的浅黄色建筑，3 层楼高；它南面背后，是形式完全相同的另一座建筑，也是 3 层楼高，因与前面一座的北楼构成对称，故称为南楼。这两座建筑，就是孙中山先生早年在广州建立陆海军大元帅府大本营的旧址，也是他 1917 至 1923 年在广州 3 次建立政权其中两次的首脑机关所在地，在孙中山先生一生经历中占有重要位置，是他革命生涯到达顶峰时期的历史存照。

根据《孙中山主要活动年表》（张磊《孙中山评传》）记载，孙中山先生是 1917 年 7 月 17 日抵达广州的。此前数月，他已在上海完成了其后被编为《建国方略》之三——《社会建设》一稿的撰写，口授并由朱执信撰成了《中国存亡问题》一书，除派胡汉民先期到广州和桂系军阀商讨护法，还亲自和海军总长程璧光等商讨了海军参与护法问题，就张勋复辟发表了《宣言》，下令各省革命党人出师讨逆。7 月 6 日，孙中山偕廖仲恺、朱执信、章太炎及何香凝等在上海乘坐海军舰只赴穗。8 月 25 日，国会在广州召开非常会议，通过了《国会非常会议组织大纲》《中华民国军政府组织大纲》，决定组织军政府，戡平叛乱，恢复临时约法，并选举孙中山为军政府大元帅。孙中山9月10日就任大元帅，大本营就设在珠江南岸这两座建于清光绪三十二年（1906年），原为广东士敏土厂（水泥厂）的楼内。然而，因桂系军阀阴谋改组军政府，任职差几天才满8个月，孙中山便不得不辞去大元帅一职，于1918年5月离开广州取道汕头、台北和日本回了上海。次年，孙中山将中华革命党改组为中国国民党。

孙中山第二次在广州建立政权，是离开广州的两年半以后。1920年11月28日，他离沪抵穗，重组了军政府。第二年4月，他在国会非常会议上被选为非常大总统，5月5日就任；民国政府随即宣告成立，总统府在广州观音山（今越秀山）的南麓。不过，这一次任非常大总统的时间也不长，只1年零3个月，就因陈炯明叛军在1922年6月围攻总统府、炮击观音山而避退出走，8月初孙中山再次离粤经香港重新回到上海。

半年后的1923年2月21日，孙中山第三次回到广州，重建了大元帅大本营，这一次相对略长，直至1924年冯玉祥在北京发动政变，他应冯玉祥北上之邀，于58岁生日这天出席完广州各界欢送会，次日离开广州，1925年3月12日因病不幸于北京逝世，中间有两年时间。更加重要的是，期间孙中山促成了两件对日后国民党发展和实现国家统一至关重要的事。一是在广州成功召开了国民党第一次全国代表大会，冲破重重阻力，改组了国民党。二是建立了黄埔军校，使国民党自此开始拥有真正属于自己的武装力量；东征击溃陈炯明所部及平定广州商团的叛乱，又为稳定大本营自身根基和北伐奠定了基础。

从孙中山前后 3 次在广州建立政权的经历，我们可清楚看到那种百折不挠、愈挫愈奋的性格特征在他身上表现得十分明显。实话说，作为一个原本既无多少根基，也缺乏政治斗争历练，军事斗争经验更无从谈起的革命党领袖，在接二连三遭遇了那么多次武装起义流血失败，亲身感受到了旧中国各种势力那么盘根错节，社会构成如此错综复杂的形势之后，孙中山不但没表现出丝毫的动摇和气馁，相反屡败屡战，且愈战愈勇，这已经是属于十分难能可贵的了。何况，后来好不容易推翻清政府统治，建立了民国，他成为临时大总统，紧接着又被迫辞去总统职位，发动的二次革命也宣告失败之后，那么短的时间内，连续 3 次在广州东山再起，其所具有的顽强和韧性，非亲历那个时代和社会环境的人，真是很难深切体会到，更不说他原本还只是一名打算悬壶济世的医生出身！

推测起来，他内心深处大概多少产生过一些起伏波动，这也是正常事，凡人谁又没有呢？他的经历，给人一种这样的感觉，在一个外扰内杂、强人四起和充满明争暗斗的社会，一介书生的他，仿佛就像提矛的堂吉诃德在和风车决斗。他当然有被碰得头破血流的时候，兴许偶尔也有过从此闭门著述的念头，但这一切，最终都未能让他停下前进脚步，更没有让他沉沦。他的坚定执着和百折不挠，毫无疑问，是因为他有一个崇高的理想信念，以及为理想信念预备牺牲个人一切的奉献精神。“天下为公”，不仅是他对社会的善良愿望，也是他个人奉行的行为准则。而后面这一点，不是所有领袖人物都能做到的。

从这 3 次建立政权的活动中，我们也可看到，孙中山的思想开始趋向成熟，特别是从他第三次在广州建立政权的过程看，他已经从早期的革命经验中深深体会到了治党和建军这两样东西的重要。他力促改组国民党，正是意识到了一个掺杂各种动机、成分过于复杂的政党，光内耗就难以应付，遑论动员全党为确立的目标而奋斗。只有严格整饬党内，去恶留良，建设一个“有力量的政党”，才能“用政党的力量去改造国家”（孙中山在国民党一大开幕式的致辞）。他在治党认识上的这个升华，显示了历史性进步。而他建立黄埔军校，着眼于培养一支可以自己掌握的武装力量，更是因为以往无数流血及不流血斗争的教训，告诉了他一个严酷现实，在军阀割据、山头林立、“有枪便是草头王”的旧中国，手上没有自己的军队，民主共和理想只能是一句漂亮空话，也是他屡屡受挫的原因之一。他清楚地意识到，苏俄十月革命的成功，不啻为可供借鉴的经验。就因为这样，我们认为，孙中山在广州第三次建立政权，象征他革命生涯迈入了顶峰期。只可惜天不假年，留给他的时间已经不多了。可尽管如此，我们看到，孙中山作为个人，还是拼尽了自己最后的努力，把该做的几件重要事都做了。遗憾当然不可能没有，但那只能在中国以后到来的大浪淘沙中，让历史的车轮去碾压了。

大元帅府南、北两座楼，外观均为拱券式，长条形木制百叶窗，地面铺小花砖，每层楼的外部都以回廊贯通。原建筑的设计师为澳大利亚人，曾居住于广州沙面，沙面的粤海关俱乐部及中山大学马丁堂的设计均出自他之手。现南楼的一至三层，已按大元帅府当年布局恢复了陈设，其中包括有大元帅府会议室，孙中山办公室，孙中山和宋庆龄的卧室、餐厅、盥洗室，以及担任过其中一任参谋长职务的蒋介石办公的参谋处，担任过其中一任秘书长职务的廖仲恺办公的秘书处，胡汉民办公的总参议室等。每层楼的回廊上，挂有那一时期重要人物的照片及生平简介，其中不少是广东籍人士。

帅府有两张人物照片和简介是较为引人注目的。一张挂在回廊上，下方摆有一张藤几和数把藤椅。从照片看，摆藤几藤椅的地方，正是孙中山拍摄这张照片的具体位置和当年场景，据说也是他完成《建国大纲》全文的写作之处。照片中的他，饱经坎坷、略显沧桑疲惫的脸上，微透出几分从心底荡出的笑容。不知内情的人，很难估摸他拍摄此照时内心的真实情感。是否他身体此时已向他发出了某种信号，而他自己又已经有所察觉？抑或因奋斗了一生的事业已露出曙色，理想大纲的陈述也终于尘埃落定，舔舐伤口，于隐隐痛楚中的他，略感觉到了欣慰，于是才有了这般宁静致远、含蓄而有节制的笑容？我们无从得知。不过，我认为这是最得孙中山神韵的一张照片，它将这位时代风云人物拔于淤泥、不染流俗，儒雅而不失坚毅，刚猛而不予外露的品格，表现得十分淋漓尽致，为我们生动展现了那个风云际会年代，一个原本普通中国知识分子的精神世界。

另一张挂在宋美龄曾住过的小客房门外。那是宋庆龄和宋美龄姊妹俩的合照。前者坐在一把椅子上，后者站在她身后。那时她们两人都还很年轻，也很漂亮；一个是大元帅身边的女人，一个是帅府重要人物、日后也成为国民党核心人物身边的女人。虽说姊妹二人后来站在了完全对垒的两个阵营，可照这张相片时，她们尚同处一室，她们中的任何一个，谁都没想到日后会出现这种结局，本是同胞姐妹的两人，正相依相偎，显得亲密无间。但两人的面部表情似乎都比较严肃拘谨，看不出半点因身份显贵而春风得意的神态；相反，她们双眸所射出的，倒很像是一种相同的、对未来愿景都遥不知底的莫名期盼。世事变化，在这张非常漂亮又非常生活化的照片前，颇有些让人觉得无奈和不可思议。

大元帅府北楼的前面，现已形成一个不小的广场，一直延伸到珠江边的滨江路旁；广场中央，矗立着一尊孙中山身穿大元帅服的全身塑像。过马路对面，是大元帅府码头。从这里乘水巴往白鹅潭方向行驶，第一站可抵达斜对岸的天字码头。那是清雍正年间形成的一个专门接官的码头，官员到粤上任和卸任，上、下船都在这个码头。林则徐到广东禁烟，鸦片战争后被撤职，走的也是这里。孙中山第二次在广州建立政权，陈炯明叛军炮击观音山时，孙中山登舰离开的地方，同样在这里。上了码头北行不远，便可见到路旁有一座牌坊，上有“接官亭”三字，恰印证了天字码头从前所具有的官家性质。

京城王府

徜徉在北京城老街，最令人感觉神奇的，莫过于那清一色灰墙胡同中突然冒出的、仅看门面就知道里头住户非为寻常人家的宅院。那一扇扇厚实沉重的朱漆大门，通常都是紧闭的；如果朝院墙上面张望，行人还可从窜出墙头很高的枝叶，估摸到栽种在院子里的这些树木，应该很有一些年头。至于其他，就无从得知了。这在一个外来人心中，自然会觉得有点神秘兮兮的，也会这样想，天晓得在偌大的一个北京城中，会有多少像这样貌似寻常、实则内藏乾坤的旧宅院，里头住过多少曾经是富贵显赫的人家。

这些旧时保留下来的宅院，大都为清代所遗，现在不少已当作了部门办公场所，倘是继续供人家居住，有资格进去的，自然也绝非一般人物。若论这些宅院的规格品级，毫无疑问，最高者当属原来那些亲王、郡王的府邸，因为它们的主人都属皇族，是大清皇帝的血脉近亲，除紫禁城外，是极少有人能享受到这样高的待遇，住进占地如此广阔、构筑如此气派的宅园的。只是，这诸多的王府，要么上述原因所致，要么因为遗存至今已不复原貌，真正保存完好，并能够为普通百姓和游客所了解，跨入门槛一睹其锦绣奢华的，则非北京西城区前海西街的恭王府莫属。

根据《中国通史》（第九册，蔡美彪等著）记载，努尔哈赤在建立金国的前一年，即 1615 年，将原女真部落的四旗增编为八旗，统旗者除努尔哈赤本人外，其他均为其子，称和硕贝勒。“和硕”满语的意思相当于部落，“贝勒”则是王或诸侯之意。依各子排序，当时的代善、阿敏、莽古尔太和皇太极又分别被称为大贝勒、二贝勒、三贝勒和四贝勒，习称四大贝勒。皇太极称帝之后，大清国皇族议政贝勒中，大贝勒之外还有和硕贝勒和贝勒之分，又参照满、汉爵号制定了皇族勋爵，有了和硕亲王、郡王和贝勒三个等级的封爵，贝勒的地位仅次于亲王、郡王。亲王的封爵对象，也和自南朝末年以来的历代不同，主要封给皇子。不过，蒙古贵族也有封亲王的。

恭王府的主人即恭亲王奕䜣。他是道光皇帝的第六子，咸丰皇帝的异母弟，于咸丰元年被封为恭亲王，受赏赐在这座府邸居住。此府之前的主人，则是乾隆皇帝的第十七子、嘉庆皇帝的同母弟庆郡王永璘，后被封为庆僖亲王，府邸因之称庆王府。永璘死后，庆王府仍由其后嗣子孙居住，至辅国将军奕劻时，因这个级别已不够资格居住在王府之内，于是才被咸丰帝收回转赐给了奕䜣，改称为恭王府。

我第一次去恭王府的时候，里头游客并不多。以后两次，情况就大不同了，不说里面人头涌涌、拥挤异常，就连外面排队等进去的人，也多得挤满了府外的整条街道。原因是一部与和珅有关的电视连续剧热播之后，一传十，十传百，人们得知，恭王府最先的主人，原来是乾隆时期的大学士和珅，所谓的庆王府和恭王府，不过是后来才有的事。于是，凡到北京来的游客，都争相前往，渴望到这个举国闻名的大贪官曾住过的地方一探究竟，以至和珅的名声，远远盖过了该府后来两位亲王身份的主人。

恭王府是北京现存最完整的清代王府及花园，占地达85亩多，仅花园就接近其中的一半面积。府邸和花园内均分东、中、西三路，里面楼、殿、轩、堂，亭、斋、廊、榭，池塘假山，迂回曲折，尽显多变，极是堂皇。尤引访客兴致的是，王府花园的假山底下，藏有一暗洞，称“秘云洞”，洞内有一块石碑，高约1米，上刻“福”字，并有“康熙御笔”之宝印。据传，碑上的“福”字，是康熙帝为其祖母孝庄皇后祝寿所书，极其珍贵，被和珅藏于如此神秘的洞内，可谓机关算尽。因为设计巧妙，以至和珅倒台后，嘉庆皇帝想得到它都不能，于是下令将暗洞封死，使其永远消失于世上。直到中华人民共和国成立后，有一天周恩来总理在恭王府会见外宾，忽察觉到假山外形有异，感觉内有蹊跷，于是打电话告诉郭沫若派人查勘，结果在打开暗洞之后，才发现了藏在洞内的这个惊天秘密。如今，这块碑上的“福”字已被恭王府拓印制成了卖品，在府内的商店向游人出售。

和珅的下场是世人皆晓的事。这个曾以满族官学生在銮仪卫任侍卫的人，由于深得乾隆皇帝宠幸，短时间内平步青云，官至副都统、军机大臣、内务府总管大臣、尚书，授予大学士，封公爵，一时间飞黄腾达、权倾朝野。然而，他善揣上意、擅权跋扈和结党营私的行为，早为还是皇子的颙琰所痛恨，乾隆一死，他便立即以二十大罪状将其夺职下狱、赐令自尽，籍没全部家产。和珅被诛后，与他有盘根错节关系的人，终日惶恐不安的程度，也就可想而知。

恭王府多令游人指点议论的另一处地方，是府内的一段砖墙，相传是和珅专用于藏匿家产的夹墙。关于和珅所敛财物达到了怎样惊天的数字，本书《王朝显现的迹象》一文已有提及。如果单就这段夹墙所藏财产论，从清廷所列和珅二十大罪状中的第十八大罪状，我们可看见这样一个数字：“夹墙藏金二万六千余两！”光这，也已经够吓人的了。

和珅宅第的继住者、庆王府主人永璘是病死的，还算幸运，属正常死亡。他的后嗣子孙情况就不同了。先是其子绵慜降袭郡王，仍住在这座宅园。绵慜死后，继子因犯事被革了爵，再以永璘第五子绵悌奉永璘祀，结果绵悌又因犯事被降了职。到永璘的第六子绵性之子，即永璘的孙子奕劻时，终因承袭的是辅国将军一职，不能继续待在这里了，才不得已迁出。这座府邸于是迎来了它的新主人奕䜣。

奕䜣历咸丰、同治、光绪三朝，曾几度为清廷炙手可热的人物。英法联军攻占北京后，他受命为全权大臣，代表清廷与洋人进行谈判，分别与英、法、俄等签订了《北京条约》。咸丰帝病死在承德避暑山庄后，以他为首的“帝胤集团”，与慈禧太后相互勾结，发动了震动朝野的“辛酉政变”，慈禧自此登上中国权力的中心位置，开始了长达将近半个世纪统治中国的政治生涯。“辛酉政变”中，奕䜣因是有功之臣，被授予以议政王头衔任军机处领班大臣，兼管总理衙门，总揽了清廷的内政外交大权；后因遭慈禧太后的猜忌和防范，被革除了议政王头衔，保留军机大臣一职，中法战争后被解职。10 年后发生了甲午中日战争，中方战败，奕䜣被再度起用，复任为军机大臣，数年后死于戊戌变法期间。

这是个较为复杂的人物。他曾支持曾国藩、左宗棠、李鸿章等人搞洋务运动，是清朝中央政府的洋务派首领，老北京人都知道他有个绰号叫“鬼子六”。可戊戌变法时，他又是极力阻挠变法维新之人。

不过，奕䜣热衷藏书倒是事实，他在恭王府的藏书楼有正谊书屋、多福轩、乐道堂等多处，其中精品甚多。所藏的名人书画作品也不少。

与奕䜣同时，和“辛酉政变”有关联的另外两个亲王，下场就悲惨了。他们均属咸丰在位时“朝臣集团”的核心人物，位列咸丰帝临终前诏谕“赞襄一切政务”的八大臣之中。一个是康熙帝的第十三子怡亲王允祥的五世孙载垣，一个是郑亲王乌尔恭阿之子端华。慈禧在发动宫廷政变得手之后，以二人犯有违抗旨意、阻止“回銮”、反对慈禧垂帘听政等罪名，诏赐在宗人府自尽。8 个赞襄政务大臣中的另外 6 个，5 个被革职，1 个——咸丰帝生前的宠臣肃顺被处斩。

因载垣是承袭的怡亲王，端华是承袭的郑亲王，这两个人的死，便牵涉到京城现存的另外两处亲王府，即孚王府和郑亲王府。

孚王府位于北京朝阳门内大街路北，原为怡亲王允祥第二代袭王所建，允祥死后，原府改寺，被赐在此地建府。第六代王载垣被赐自尽后，府邸收回，转赐给了道光帝的第九子孚郡王（后封亲王），称孚王府，也即是俗称的九爷府。

郑亲王府位于北京西城区大木仓胡同，原为清太祖努尔哈赤胞弟舒尔哈齐之子、清代开国元勋郑亲王济尔哈朗的府邸。舒尔哈齐是和努尔哈赤共同起兵之人，地位不在努尔哈赤之下，后因二人矛盾不断加深，努尔哈赤最终除掉了舒尔哈齐。清军入关、定鼎燕京后，清世祖将此宅第赐予舒尔哈齐之子济尔哈朗。袭王端华被赐自尽后，郑亲王府被收回。10 年后，恢复了端华侄子庆至的亲王世爵，发还府邸，复为郑亲王府。

北京现存最好的清代王府，尚有西城区后海北河沿的摄政王府，又称北府或七爷府，于光绪年间建，原为清初大学士明珠的宅第，乾隆时赐成亲王永瑆，后转赐醇亲王奕譞。奕譞死后，其子载沣袭爵，载沣子溥仪继承皇位后，载沣被任命为监国摄政王，此府称摄政王府。中华人民共和国成立后，王府的西花园由周恩来总理亲自选址，安排给时任国家副主席的宋庆龄居住。

位于西城区定阜大街的庆亲王府，主人则是前面提到的，因承袭辅国将军职而不得不迁出原和珅宅第的奕劻。他于光绪年间复被晋封为庆亲王，赐予了此宅。该府的建筑规模十分大，里面布局规整、院落成排，甚是讲究。规模大的另一座王府，是西城区皇城根南街的礼亲王府，原为努尔哈赤二子代善之孙康王所建，后代礼亲王重建。

京城王府中，颇让人印象深刻的，其实还有一座，不过它后来不再作为王府而存在，改为了庙宇，故而一般人并不知晓，这就是现今位于北京东城区雍和宫大街的雍和宫。它原是雍亲王胤禛住过的府邸，称雍亲王府。胤禛继位后，将其一半改为行宫，一半做了喇嘛教的寺院；到乾隆时，才整个改为喇嘛庙。

这是一组巍峨辉煌的建筑群，在京城密密麻麻的楼宇间显得格外抢眼。记得多年前我去参观的时候，深为其宏伟高峻、宽旷而又幽深的视觉感受所震撼。这里，正是雍正曾经从事秘密活动的特务衙署。这个以克劳勤勉、城府极深著称的皇帝，又因政治严苛、对付手足兄弟凶狠毒辣而备受后世争议。他继位后，立即对父皇在位时形成的以允礽为首的“皇太子党”，和以允禩为首的“皇八子党”进行了毫不手软的处理，必欲除之而后快。皇太子、二阿哥允礽，本在康熙时就已被废太子位并遭禁锢，可雍正仍觉不放心，继续对其实行幽禁直至死去；三阿哥允祉是雍正兄弟中最有文化修养的，因与允礽关系密切，被雍正夺爵幽禁致死。皇弟中遭他迫害的则有：皇五子被借故削爵，后死；皇八子被幽禁，改名“阿其那”（满语狗的意思），并最终被迫害致死；皇九子下狱，被改名“塞思黑”（满语不要脸意），后被毒死；皇十子被夺爵下狱；皇十二子被降爵；皇十四、十五子被打发去了守陵。以至成年兄弟中，差不多半数都遭到了雍正的打击和迫害。其心狠手辣和完全不讲兄弟之情的做法，闻之令人悚然。即便在如今已是寺庙的庄严氛围中，似乎依旧能呼吸到他身后所散出的阵阵阴寒之气。而他本人后来的突然死去，原因则众说纷纭，至今仍是个谜。

联系到上述和珅宅第、恭王府及其他王府，我们不难看到，清朝几多起伏跌宕、惊心动魄的事件，都被一一牵入其中；又有多少因皇室权力之争而钩心斗角、踩踏倾轧的内幕阴谋及剑拔弩张的血腥杀戮，于中间被一幕幕活生生地演绎出来。真正是昨日还愁云笼罩，今天却弹冠相庆；昨日还府内张灯结彩，今天主人却枷锁扛肩。这中间，还不包括那诸多的郡王府和公主府；更不包括京城密如网状，和王府有着千丝万缕联系的达官显贵和大户人家的深宅。一部京城的王府史，怎么看，都让人觉得像是一部清代的王朝史。而这个当初靠铁骑夺得天下的游牧民族，也怎么都没想到，正是它的八旗制度和那一座座锦绣王府，滋生了其后代子孙养尊处优、玩物丧志、奢靡浮夸及讲究攀龙附凤、裙带关系的风气，最终将这个庞大王朝无情地推进了坟墓。曾几何时，在京城随便哪条旧胡同街道的拐角深处，人们不都还可隐约感到其流风影响所及？

城中的星火

翻开上海城市的历史，它会告诉人们，市内的一条兴业路，过去叫望志路，曾属法国租界地段。在这条路上，现仍保留有一幢 20 世纪 20 年代上海民居式样的楼房，门牌号为 76 号，过去则称望志路树德里 106 号。

这幢外表看去十分普通的楼房，因为 1927 年 7 月 23 日所发生的一件事而变得非同寻常，中国共产党正是这一天在这幢楼房中诞生的。

楼房当时的主人，是李汉俊兄弟二人。李汉俊毕业于日本东京帝国大学，在上海的公开身份是从事撰述和翻译工作，实际上却是马克思主义在中国的早期传播者之一。此前一年，陈独秀已和包括他在内的一些人，于上海成立了共产党的早期组织。北京、武汉、长沙、济南、广州等地，以及旅日、旅法的华人中，也相继成立了共产党的早期组织。1921 年 6 月，共产国际的两名代表先后到达上海，在和李达、李汉俊建立联系后，经商议认为，鉴于目前情况，应尽快召开全国代表大会，正式成立中国共产党。李达、李汉俊又和陈独秀、李大钊进行了联系，商定中国共产党第一次全国代表大会在上海召开，国内各地及旅日党组织各派两名代表出席会议。

于是，就有了13位代表和两名共产国际代表当年7月23日晚在这幢楼内的第一次秘密聚会，从而使上海这座当时中国最繁华也是产业工人最密集的城市成为中共的诞生地。

根据中共党史资料显示，一大的这13位代表是：李达、李汉俊（上海代表），董必武、陈潭秋（武汉代表），毛泽东、何叔衡（长沙代表），王尽美、邓恩铭（济南代表），张国焘、刘仁静（北京代表），陈公博（广州代表），周佛海（旅日代表）及陈独秀指派的代表包惠僧；代表了当时全国的53名党员。两名共产国际的代表分别是荷兰人马林和俄国人尼克尔斯基。

如果我们细分一下这13位代表的情况，就会看到，这些人基本都是受过师范以上学校教育，或到国外读过书、留过学的人。其中北大学生就有3人，日本帝国大学的学生2人；董必武是两度赴日的留学生。大部分代表当时所从事的职业，基本也都和教育或报刊编辑相关。从籍贯上看，13人中，湖北籍的有5人，湖南籍的4人，山东、广东、江西、贵州籍的各1人。从年龄看，除35岁（董必武）和45岁（何叔衡）各1人外，有9人的年龄在21至31岁之间，还有19、20岁的各1人。而未能出席会议，中共早期最重要的两位创始人陈独秀和李大钊，也都留学过日本，身份分别是北大文科学长和北大教授。

这清楚说明了，中共一大的代表，基本是由当时中国知识分子中的青年精英构成，属于蓬勃向上的群体，其中南方籍人士又成为主体。由此也不难联想到，中共在其后来领导的革命中，为什么会出现主要依托南方为根据地的工作局面，又为什么会在内部不断出现重大分歧、分化以至分裂。风云际会、大浪淘沙的结果，即使在一大代表本身人员的最终走向中，也能充分体现出来。

这13位代表，除1人于1925年病逝（王尽美），1人于后来中共主力红军长征后，留在苏区坚持斗争，1935年在突围中牺牲（何叔衡），1人在1942年被新疆军阀盛世才逮捕后杀害（陈潭秋），1人在1928年被国民党反动派逮捕后杀害（邓恩铭）外，其他9人中，相继脱党的有3人（李达、李汉俊、包惠僧。其中李达在1949年重新入党，中华人民共和国成立后历任湖南大学校长和武汉大学校长；李汉俊遭桂系军阀逮捕杀害；包惠僧中华人民共和国成立后任国务院参事）；因分裂和从事反党活动被中共开除党籍的有4人［张国焘、刘仁静、陈公博、周佛海。其中有两个人在抗日战争爆发后随汪伪政府投敌，抗战胜利后，被国民党政府以汉奸罪逮捕，一个被枪毙（陈公博），一个死于监狱（周佛海）；张国焘1949年后寓居香港，后移居加拿大；刘仁静中华人民共和国成立后在人民出版社从事翻译工作］；真正到中华人民共和国成立前还剩下来的代表，就只有两位——毛泽东和董必武（后者曾任中华人民共和国副主席和代理主席）。当然，其间的千般艰难和万种曲折，自是一言难以道尽。

不过，当我们把时间定格在1921年7月23日这天晚上的时候，就不得不承认，这开天辟地的一页，犹如漆黑暗夜里燃起的一星火种，不仅照亮了当时位于城市角落里的这间小屋，也等于是在反动势力布防森严的上海悄然凿开了一个豁口。随着时间的推移，这一星火种在全中国越燃越烈，终至成为无法扑灭的燎原之势；这个豁口也越凿越大，使得国民党政权的城墙最终在轰然一声中倒塌。

下面一组数字，正是这星点火种越燃越烈、越铺越大的最有力见证。

一大不必说。1922 年二大召开时，中共在全国党员的数量，也不过才 195 名。

1923 年的三大是 420 名，仍然不算什么。

可到了 1925 年 1 月的四大，数字不但开始翻了一番，达到 994 名，且当年底就迅速突破了 1 万名。到 1927 年的五大时，更是激增到 57, 967 名。

由于蒋介石在 1927 年 4 月 12 日发动了反革命政变，汪精卫紧接着也宣布和共产党决裂，中共的大批党员在这一时期遭到了国民党反动派的残酷杀害；而党内原有的一些不坚定分子，在此时期也脱离了共产党。到 1928 年，中共党员的人数急剧减少，只剩下了 1 万多名。

然而不到几年工夫，这个数字就又开始了它新一轮的猛烈增长。1929 年六届二中全会时，中共党员的人数已是接近 7 万名。到 1945 年七大召开，它竟然迅速地增加了十几倍，达到 121 万名。而到 1949 年 10 月的时候，更是到了惊人的 448 万余名!（上列数字引自《中国共产党历史二十八讲》）

当我步入兴业路 76 号，站在那间当年代表开会的房门边上时，凝视眼前景物，自是感慨良多。

这间只有十来平方米的小屋，简陋得只一张长方形会议桌放在中间，桌面铺了块白色台布，上面分散地摆放着些茶杯，四周围了圈凳子。你若想再看到点别的，就什么都没有了，据说这就是当年的实况。可就是这么间普通不起眼的小房间，却谱写了具有划时代意义的历史篇章。

我很容易就能想象到，当年坐在这儿的那些人，那一刻内心会是一种怎样掩饰不住的激动，脸上又会有怎样一种庄重严肃的神情。自然我也很想知道，毛泽东当时具体会是坐在了哪个位置上。因为在那批代表中，他当时的身份还比较普通。会议决定设立的领导机构中央局中，没出现他的名字，只有 3 人：陈独秀、张国焘、李达。陈独秀担任书记，张国焘负责组织工作，李达负责宣传工作。即使是到了中共二大，选出的中央执行委员中，除陈独秀、张国焘外，新增的 3 位委员中，也仍然没有他的名字。可后来的事实却是，正是代表中这位身份还比较普通的年轻人，日后不但走上了中共领导层的核心地位，而且成了中共党史上最重要的领袖。

关于他的才华及贡献，自然早有多方面的权威论述。我想说的只是在中共创立早期，在大多数党员还在为党所确立的奋斗目标满怀憧憬、激情澎湃的时候，也许只有他是最先也最清醒地意识到有一样东西是断不能忽视的，这就是书本理论一定要和社会实际相联系，知识分子一定要和劳动大众相联系；否则书本理论也好，知识分子也罢，都只能是无源之水、无本之木，一切将无从谈起。

不要以为这只是个普通道理，能真正把握它，并应用它逐一厘清现实社会各种矛盾和问题，由此找出一条能正确指引政党前行方向的道路，则完全是另一回事。后来的发展将使人们看到，正是这位年轻代表，在清楚意识到这点的基础上，按照事物本来的逻辑关系，通过剥茧抽丝、条分缕析，得出了一个让人豁然开朗的结论，即马克思主义的革命理论，必须要和中国革命的具体实际相结合；最先由中国知识分子掀起的革命运动，必须要走与工农运动相结合的道路。这一结论，后来成为中共最重要的思想指南。顺着这个逻辑作进一步延伸，他同时又得到一个非常了不起的启示，这就是：在旧中国当时的情况下，中共领导的革命，只能采取武装斗争的形式；而建立根据地，以农村包围城市，则是最适合选择的道路。与工农运动相结合的结果呢？毫无疑问，是使中共党组织的结构从此无可避免地发生了巨大变化，工人、农民的成分日益凸显起来，这也是为什么到 1949 年，它的党员人数就达到了 448 万之众的原因所在。说实在的，单单就凭这个党员数量，尚不论中共所拥有的军队，和被中共发动起来了的广大民众，国民党还焉能再指望与其抗衡！

这就是智慧的根底，也是智慧的光芒所在。后来的事实证明，这位身份普通的代表，正是以这条思想贯穿在中国革命的历程中，导演出了一系列波澜壮阔、有声有色的活剧。

尽管处于高度保密的原则下，一大会议还是遇到了走漏风声的危险。就在会议进行的一天，一名陌生男子突然闯了进来，接着又莫名其妙地离去。这引起了大会的警觉，于是决定将代表立即转移到浙江嘉兴的南湖，在一艘临时预备的游船上继续开完了会议。后来得知，就在他们离开不久，法租界巡捕跟着就冲进了会场，演出了有惊无险的一幕。

下篇

故居与人物

千秋功罪后人说

荆州在中国古代历史上，留有一文一武两个最著名人物。武是三国时期的蜀国大将关羽，文是明代朝廷内阁首辅张居正。

张居正（1525—1582），字叔大，号太岳，谥号文忠，湖北江陵（今荆州）人，祖籍安徽凤阳（一说定远），曾祖父时迁居江陵。张居正的父亲叫张文明，虽科举仕途都没什么大出息，但居正出世时，张家经济还算殷实，有奴和乳媪，并生出张居正这样一个5岁入学、10岁通六经大义、在荆州很有些名气的神童来，以后更在12岁中秀才，16岁中举人，23岁中进士，一飞冲天，由翰林编修至吏部左侍郎兼东阁大学士、加少保兼太子太保，直至内阁首辅，让江陵张家成为天下最显赫的官宦人家。

张居正离开江陵张家后，漫长的职场生涯中，一共就回过两次江陵。一次在嘉靖三十三年（1554年）他30岁的时候，正是严嵩当权，兵部武选司杨继盛因弹劾严嵩遭廷杖下狱，张居正看不到前途，遂告病归家，暂时脱离了政治，时间3年。第二次是19年之后回籍葬父，他正权倾朝野。这次回去可不一样了，真可谓风光无限。据记载，张居正的轿子是特制的，不但有起居室和寝室，两廊还各有一个书童焚香挥扇，需32名轿夫抬轿。出发时，神宗不仅赐礼，还派司礼监太监到郊外饯送，京城文武百官皆出郊远送。途经之地，巡抚、巡按御史并府、州、县官莫不接迎礼拜（见朱东润《张居正大传》）。

今天，荆州古城的东大门内，有重建后的张居正故居，其所在的街道，也是以张居正的号命名。站在故居大门外，依稀使人想象得到，430多年前，院门外这条路曾因攀附结交张家的人而有过的热闹，及张居正冤案后，张家家产遭查抄籍没，这里不仅门庭冷落，更因刑讯逼供，一时竟是人亡家破、夜半魂哭的阴森景象。

虽说张居正在历史上争议较大，但他是明代最富实干精神和最有才能的官吏，是政绩卓著的改革家、政治家，这个基本点，则为大多数史学家公认。明代思想家、文学家李贽就认为张居正是“宰相之杰”，梁启超更赞道“政治家只有一张居正”（梁启超《《中国历史研究法补编》）。至于对张居正的道德人品，则有许多褒贬轻重各不相同的看法。

著名学者、传记作家朱东润写于1943年的《张居正大传》，是一部对张居正无论人品还是政绩都给予充分肯定的人物传记，也是后来诸多张居正传记或学者讲述张居正这个人物的基本依据。该书与《朱元璋传》《李鸿章传》《苏东坡传》一起，被时人誉为“20世纪四大传记”。四部传记作品，其创作手法的共同点，是书中引用大量传主本人的书牍、奏疏或诗文，记叙人物都以这些原始资料构成的凭证为线索或脉络，尤其是《张居正大传》。因此，它们在生动性方面，明显就不如现在的传记作品强，不用面对当代读者的阅读倾向。然而，这样构成的传记却有现在传记作品所没有的好处，读者凭借书中大量的原始资料，可自己做出对人对事的评判，检测臧否作者论点，不至于被牵着走。

细读张居正大量书牍、奏疏和文选，我对他形成的最鲜明认识是，这是一位非常有全局观念、有眼光和洞察力的大臣，既果敢干练，又行事谨慎，注重细节。还在徐阶去位，李春芳代为首辅时，他便上疏朝廷，提出“省议论、振纪纲、重诏令、核名实、固邦本、饬武备”的所谓《陈六事疏》，十分具有远见卓识，一下便抓住了明朝社会与朝政流弊的要害。朱东润书中说他不是政论家，只是一个现实大臣，没有高超理论，只有平凡见地，恐怕并不确切。明代政治最突出的毛病是什么？是太祖在洪武十三年（1380 年）诛胡惟庸左丞相后的废相之举，从此导致了明朝各代君主的绝对独裁。钱穆关于“明代是中国传统政治之再建，然而恶化了。恶化的主因，便在洪武废相”的观点，应该是分析中肯的。问题在，朱元璋集权，尚有他的资本，其后好多位皇帝，即位时都只是孩子，如英宗 9 岁即位，世宗 16 岁即位，神宗 10 岁即位。特别是世宗、神宗，都是二十余年不视朝的皇帝。在这种群龙无首和皇帝专权同时并存的情况下，官员不敢承担责任，高谈阔论、虚事应付，便是十分自然的了，而干事者一般都不会有好结果。因为一旦气候发生稍许变化，专权者和大批不负责任、不做事的官员，会在某个地方找到契合点。我们将看到，张居正的失败，正是这种情势下墙倒众人推的结果。我们也会看到，为什么在他之后，继任的首辅申时行，会表现得比较中庸。

明代的这个弊端，再加上宋明以来理学心学大兴的背景，表现在儒学上，就出现了脱离社会实际的倾向。张居正正是看到了这一点，痛切地认识到危机的深刻性，才在奏疏中猛烈鞭答“腐儒不达时变，动称三代云云”，甚至认为“后世儒者，苟见扶苏之谏焚书坑儒，遂以为贤，而不知乱秦者扶苏也”。话虽偏激，却绝不是“平凡见地”。是让儒学在时代与社会现实中洗涤筛选，还是永远止于圣云亦云、祖宗之例不可违，不幸的是这个问题在张居正之后中国几百年都没有得到真正解决。因而敢说他没有高超理论？只不过他非专门的儒学研究者而已，不等于他没有相当程度的理论造诣，何况他本来就是进士出身。

张居正案留给世人最大的谜团，是神宗如此器重、敬重和依赖他，对他几乎是言听计从，为什么却在他死后才 9 个月，旋即翻脸，不但褫革他所有的官职、官荫及赠谥，查抄籍没家产，累及家人，还差点对他“斫棺戮尸”，决心之大、下手之狠，谁的劝告都听不进。对这一点，史家多语焉不详，《张居正大传》似也未能给出清晰答案。

我于是猜测，其中原因，要么神宗自少年时候起，就对一味只能听从张居正心存反感，可又迫于无奈，只能默默等候亲政的时机，在此之前一切都委曲求全。要么其背后仁圣皇太后和慈圣皇太后，是两个工于心计、深谋远虑的女人，顾及神宗年幼，张居正手握大权，只好逼迫神宗隐忍。而两种情况的存在，都指向一个前提，就是三个人其实都在给张居正以器重、敬重的假象。然而，阅读过大量张居正与这三人之间的上疏、谕示后，我排除了这样的猜测。因为其间透露的大量消息是，他们对张居正的敬重甚至依靠确实是发自内心的，找不出丝毫伪装和掩饰的痕迹。

那会是什么原因呢？朱东润在书中描述倒张经过时，用了“神宗开始尝到复仇的滋味”这样一句话。果真是复仇的话，不应了上述的分析吗？显然这是悖论。

倒是黄仁宇的《万历十五年》，披露了一点“大风起于青蘋之末”的蛛丝马迹。原来，神宗在张居正死后，下过一道纠正从前丈量土地过程中产生不少弊端的诏书。这本来是神宗为了体现圣上对黎民的体恤，并不专门针对张居正本人。不想那些过去就反对张居正严格丈量土地的人，像是嗅到了什么异常气味，于是开始反攻倒算，翻出张居正“擅权”及种种不是，一时甚嚣尘上，令神宗对张居正先是怀疑，继而否定、矫正、偏执的复杂心理一拥而上，很快就把他盖棺论定。

这个过程细节如果是真实的，我以为就能比较合理地解释，为什么同是一个神宗，会在张居正生前和死后那么短时间，有如此天壤之别的态度，从十分敬重到万分痛恨，简直判若两人。这也论证了上述群龙无首和皇帝专权同时并存的政治弊端，最易导致干事者被墙倒众人推的论点。神宗和反张派，正是在那道诏书上找到了契合点。从这个意义上说，张居正的改革，只收到一时成效，起到局部缓解当时社会矛盾的作用，并没有真正成功。他死后即遭清算不说，明朝上层的政治问题，官吏腐败和政府机构臃肿、行政效率低下等，不但没有解决，反而越演越烈，终导致明王朝的彻底覆亡。

应该说，张居正对自己前路的凶险是有预见的，所以他才会一面坚持做自己认为必须做的事，哪怕皇帝和皇太后定下来的，也一再闯关冒犯，以尽一个忠臣的责任；一面每时每刻保持战战兢兢、如临深渊、如履薄冰、谨小慎微的态度。但这都于事无补。钱穆说他“然能治国，不能服人。法度虽严，非议四起”，算是一针见血。

读张居正大量书牍和上疏，其言辞每每简赅、尖锐，富于雄辩，估计口才也相当不错。我想起自己 20 世纪 70 年代在湖北荆州地区农村工作的几个月，那里普通民众语言表达的生动性给我留下很深印象，更不用说基层干部了。那时湖北县一级下面有区，再下面才是公社。区里召开公社书记会议，最明显的特征无非两个，一是十个书记“九个麻”（天花在脸上留下的印记），当然这样形容有些夸张；但不知何故，那里确实很多这样的人。另一个就是几乎人人表达能力都强，语言幽默生动，开会听一整天发言都不觉得枯燥。

不知道，几百年前的张居正时代，荆州会不会就已经是这样。

苦难辉煌

在无锡市崇安寺生活步行街区走着的时候，我忽然觉得，很难想象，在这样热闹和充满现代生活气息的街市，阿炳的故居会藏在什么地方，哪一处角落。这种感觉当然是我在南北行走，探究和感受历史时常常会产生的一种下意识。但寻找阿炳故居，这种感受还是显得特别不一样。是所处的地段一眼看上去，格外具有近年来中国城市营造商业繁华的相同胎记，与我要寻访的这个主要生活在民国时期、茕茕孑立的普通人物有着太大的反差？还是我心中那首代表了真实倾吐人生苦难的乐曲，与眼前熙来攘往、流光溢彩的街市景象显得格外的不协调？像是，又不像是，总之说不清。

只有当我远远感到前面一处建筑，看上去与想象的寻找物颇有些相似，并越来越走近它的时候，上述所有的下意识才消失殆尽。是的，正是眼前这一处与周边环境氛围完全不协调，看上去是被人们刻意保留下来了的地方，得以立即让我看到阿炳曾经生活着的、那个似乎离现在已经很遥远了的无锡。不是我之前的那种感觉和印象不真实，而是历史时空抽掉了其时间介质物而形成的这种排序本身就不真实。

写有“阿炳纪念馆”的石牌坊门，位于粉墙墨瓦围起院子的一侧。入得门内，可见整座院子是呈正方形的。左手边折进去，隐约可感这里从前是一处道教庙宇，现仍存有一座规模很小、十分残旧的道教建筑，名为雷尊殿。据说，阿炳 1893 年即出生于此，8 岁便随父亲在雷尊殿出家做了小道士，21 岁那年成了当家道士。阿炳的父亲很有音乐才华，在当时的无锡道教音乐界是个小有名气的人物。受父亲影响，阿炳自幼耳濡目染，心灵打上了道教音乐的深深烙印。到青年时代，他已成为远近闻名的“小天师”，在二胡和琵琶的演奏上，形成了自己独特的风格。不幸的是，中年以后，阿炳双目失明，从此开始以卖艺为生、流浪街头的悲苦一生。在阿炳纪念馆前排几间平房的最边处，是阿炳生前的起居室，相当窄小与残旧。

世人都知道有个瞎子阿炳，知道他那首著名的二胡演奏曲《二泉映月》，却甚少有人知道他的真实名字叫华彦钧。估计也不会有多少人见过他的真实模样。在阿炳故居的一个简介中提到，他年轻时长得一表人才。可从他仅存的一张戴墨镜、留胡须，着长衫和旧式礼帽的半身照看，似乎很难将这个概念和他联系在一起。

参观阿炳故居纪念馆，徘徊在那狭小残旧的院落时，我的心似格外的沉重。

陋室寒舍、少年出家、中年失明、街头卖艺，这一切都和“苦难”两个字紧紧相连。难怪《二泉映月》的旋律听上去，是那么让人感到哀婉悠远，低沉回环，如泣如诉。阿炳出生的年代，正值风雨飘摇的晚清，此后的岁月，旧中国经历了无数战乱与社会动荡。他从 34 岁双目失明，到 57 岁离开这个世界，在中间又经历了 23 年漫长岁月黑暗世界的煎熬。没有对痛苦的深切感受，没有对孤独的深刻品尝，就不可能有《二泉映月》那种人世间仿佛无边无尽的沧桑，那种流不出眼泪，泪水却在肠中翻卷的悲凉。在他委婉的倾诉中，我们仿佛可以看见那座道教残院秋风卷着落叶的景象，听见破殿屋檐凄风苦雨滴打的声响。苦难浸透着这个失明艺人的一生，街头巷尾、矮屋低檐、桥边湖畔，到处游移着他从中年到晚年孤独、不幸的身影。

据传，当代世界著名指挥家小泽征尔在听过这首乐曲的演奏后，曾说过这样的话："这种音乐只应该跪着听，如果听了这次演奏，我昨天绝对不敢指挥这个曲目，因为我并没有理解这首音乐，因此，我没有资格指挥这个曲目。"

这当然是小泽征尔的谦虚。但如果说，他的确还不那么十分熟悉中国文化，是听了这个伟大的音乐作品，催生出他对中国文化更加向往和崇敬的念头，则也许是大实话。

沉浸在《二泉映月》徐缓、悠远的曲调中，我们能感受到的，的确不止是作者对悲苦人生的一种诠释和倾诉，还有他对苦难的一种孤独者的全身心体察和聆听。见到的，他固然已经见到过，二十多年没有见到过的呢？一个盲人，只有用自己一颗孤独的心去聆听揣摩和与世人交会。孤独者的聆听，是浸润于阿炳音乐创作过程的特殊形态，也是读懂阿炳音乐与他人不同的重要所在。他音乐中的苦难表现，不仅是倾诉，而且是聆听；是聆听中的倾诉，倾诉中的聆听！他的情感，已经超出了个人层面而融入了人世间的心声，是一切苦难的集合体。它是具体的，又是抽象的，抽象成为了一种宗教对人生理解的旋律，这使它听上去既那么孤越凌厉，冲击灵魂，又让人格外地有一份安详宁静。

《二泉映月》原本属无标题音乐。1950 年中央音乐学院的老师来无锡为阿炳录音，才为它写了标题，并同时为他留下了《听松》和《寒春风曲》共三首二胡作品及《大浪淘沙》《龙船》《昭君出塞》三首琵琶作品。其中《二泉映月》和《大浪淘沙》获20世纪华人经典音乐作品奖。也是这一年，阿炳去世。

我忽然联想起1990年，我在策划一场音乐会时，曾为我最喜爱的另一首民族音乐曲目《梁祝》的小提琴演奏专门构思了一个场景。在剧场舞台下面的乐池中，事先安置一个很大的长圆形架子，上面密扎着百来支红色的蜡烛灯。就在演奏者手中小提琴拉响这首曲子的同时，舞台灯光倏忽暗下，百来支点亮的红色蜡烛，被用手动的方法从乐池中缓缓升了起来，顿时红光一片，映照着演奏者，映照着舞台。演奏者激动万分，观众掌声雷动，演出达到了非常好的效果。

我寻思，如果让我也为《二泉映月》的二胡演奏构思演出场景，我该怎么做呢？想来想去，似乎什么场景都不用去刻意布置最好。因为这首音乐所要表达的，我无法用任何具象物去衬托，它仰观上苍、俯瞰旷世、穿透人心的旋律，自会牵引你的心灵，向一切你要想去到的地方奔泻流畅。

你只需坚信，在这个苦难的世界中，是苦难铸就了辉煌。

钱锺书与无锡钱氏

第一次到无锡。出高铁站后，已经夜晚了，我们乘的出租车在往市区去的路上跑得飞快。

一路朝车窗外看去，远近灯火在四下里五光十色地闪耀，城市建设规划、布局的宏大与讲究，各类建筑物的审美品位，在夜的暮色中显得轮廓清晰，一直朝城区延伸而去的高架路，更是宽阔笔直、畅达交会，彰显出十足的气派，令人精神为之一振。自信从小生活在大城市，并到过国内许多地方的我，感觉还是第一次见到如此气魄、漂亮和充满现代气息的中等城市。无锡真了不起，看来前景未可估量，我心中感叹到，立刻也把它和曾经去过的苏州等江浙一带城市联系一起，再次体会到地域文化和人才，对一座城市和一个地方发展的至关重要，这确是令人不得不信服的事。

而我此次到无锡，很重要的一个目的也是冲人而来。其中便有中国现代著名作家、文学研究家钱锺书（1910—1998），无锡人，字默存，号槐聚，在无锡著名的东林高等小学和辅仁中学都念过书，后考入清华大学。留学英、法归来后，受聘为清华教授。现在无锡市健康路新街巷的30、32号，保留有他的故居。那是一座七开三进，具有明清风格和西式特点的建筑，属钱家建于1923年的祖遗产业。

钱锺书在今天中国人的心目中，是少数现代以来仍在大众中享有较高声誉和美誉度的作家之一。主要著作有《谈艺录》《管锥编》和长篇小说《围城》等。《围城》动笔于1944年，完成于1946年。一般中国人知道钱锺书，主要因为《围城》，特别是自它被拍摄成电视剧后。

钱锺书为人低调，将名利地位看得很淡，不像现在许多作家，自视太高，喜欢自我标榜和在意他人吹捧，总以为这样可以流芳百世，技压群芳。殊不知名这东西，完全靠局外人裁判，不是个人希望就来的，更需要经得起时间的无情洗涤和淘汰。钱锺书很有自知之明，对自己努力所写的东西，从不过于自恋，拿得起放得下。他总表现得和出版商不是那么配合，对出个人全集的事兴趣不大，也不愿意有人去研究他和他的作品。认为作者如果还参与其中的话，更等于是“自掘坟墓”。用他自己的话，他“不很爱惜旧作”，也不相信“自以为要写就意味着会写”。

可是《围城》，还有《人·兽·鬼》等小说却显示，他很会写小说。

《围城》在写作上的最大特色，我以为是钱锺书十分擅长于借喻的描写方式。他笔下许许多多人物和事情，大都不是直笔去描写，而是通过形容其他事物的情状去替代，这不但显示出他敏捷的联想力和宽阔的知识面，也无形中增大了作品语言的表现能力，使读者于意会中享受到一种阅读的快感。譬如，《围城》在描写方鸿渐偷看苏小姐的脸时，仅用一句“光洁得像月光泼上去就会滑下来”形容苏小姐此时的脸给对象的心理感觉。在描写途中旅馆桌子不干净，说“桌面就像《儒林外史》里范进给胡屠户打了耳光的脸，刮得下斤把猪油”，都显得夸张、生动、幽默和滑稽。又譬如，在写方鸿渐离开唐小姐房子，站在篱笆外面淋着雨，又用“风里的雨线像水鞭子正侧横斜地抽打他漠无反应的身体”，形象地传递出人物失魂落魄的信息。即使从皮夹子里掏相片这样一个细小动作，小说同样没放过借喻方式，仅用“开矿似的发掘了半天”寥寥数字就把人物个性给调侃了，等等。类似描写在《围城》和钱锺书其他小说作品中不胜枚举，俯拾即是，不时使人在莞尔一笑间，清楚看见了背后一个顽皮、淘气而不失智慧的作者形象。把“幽默大师”的称号封给钱锺书，实在是当之无愧的。

钱锺书作品的另一个显著特点，是善于通过心理描写刻画人物性格和增添作品的戏剧性。他的小说，故事本身都很简单平淡，情节性不强，完全是因心理描写的细致和曲折深入，使小说具有了起伏跌宕的吸引力。特别是男女之间恋爱、交往的一些心理描写，被他揣摩得丝丝入扣，将人物那种小心眼、尖酸刻薄、爱搬是弄非的个性，以及猜疑妒忌、自我安慰、挖对方痛脚和吃隔壁醋等种种心理活动，写得十分鲜活。小说《猫》用白描手法损人，也显得相当厉害，丝毫不饶人。

可钱锺书自己对《围城》却并不见得有多看好，说还有一部未完成便夭折了的长篇，如果能写出来，会比《围城》要更好些。他对《围城》的这个态度，不知会不会跟小说在内涵的深刻性方面还欠一些有关。我在读《围城》的时候，就有这种感觉，手法技巧是相当圆熟的，人物也立得起来，但似乎缺乏一点大的气象。倒是结尾处以那架老旧、计时晚点的钟鸣为喻，发出“现实要这样，比时间来得晚一些，一切也许就不一样了”的叹息，对小说内涵的挖掘起到了较好的点题作用。

杨绛在《记钱锺书与〈围城〉》一文提到，钱锺书在无锡辅仁中学时，常常为父亲代笔写信、写文章。后来商务印书馆出版钱穆的一本书，钱锺书自己告诉杨绛，他父亲的序文其实是他代写的，一字未改。由此可知，钱锺书家和无锡钱氏另一文化名人钱穆，有着不同寻常的关系。

钱穆（1895—1990），著名史学家，历任燕京、北大、清华、西南联大、华西、江南等大学教授，在香港创办了新亚书院。一生著有《国学概论》《中国近三百年学术史》《国史大纲》等60种书，可谓著作等身。其中《国史大纲》为重要代表作。

在无锡，我没打听到有钱穆故居。倒是很多年前去台湾访问时，在阳明山见到过他曾经的居所。令人十分钦佩的是，《国史大纲》这部上下两册，从上古三代写到抗战发生，涉及学术思想、政治制度、社会风习等各方面内容，8编共46章的大部头史学著作，钱穆竟是卢沟桥事变后，大学南迁，在不断辗转迁徙、流离颠沛途中，既缺乏参考书籍，又不时要躲日军空袭的艰难情况下完成写作的。开始写作和最终脱稿的地方，主要在云南蒙自，前后有两年时间。

再一点使人格外钦佩的，是钱穆八九十岁高龄的时候，仍然在讲坛上讲课，孜孜不倦。但他的《人生十论》毕竟不似写《国史大纲》那般既从容、缜密，又信手拈来。讲哲学和人生，也不似他讲史学和国学那般随心所欲。这和林语堂的文学与哲学有点一样。

杨绛介绍，钱锺书是伯父抚养长大的，因伯父没有儿子。但父亲对他教育成长起的作用很大。他父亲钱基博是古文学家，国立浙江大学教授，后任教于清华。“混沌”“痴气”，是杨绛对钱锺书性格的主要描述，我们从小说中也能感受到。钱氏大家族后来出了一批教授、中科院院士和著名工商人士。参观钱锺书无锡故居的时候，旧式大家庭的那种教育和氛围影响，无疑在他身上能找出明显影子。

钱姓在江浙一带的名人最多。就说现代，钱三强是浙江湖州人，钱学森是杭州人。而江苏无锡钱氏的另一位重量级人物，是中国现代力学、应用数学奠基人，中科院院士钱伟长（1912—2010）。钱穆先生正是他的叔父。叔侄二人，不仅学问和名气大，又都高寿，一个活了95岁，一个活了98岁。

动乱时代里的一枝荷

从个园出来，见入园时就停在门口的三轮还在，我们便决定坐她的车在扬州城内几处景点看看。

蹬三轮的女子约莫 40 岁，看上去是农村妇女模样，圆圆的脸膛，黑红的肤色，结实的身子，却是地道的扬州市居民，不但将本地人情世故与各种传闻讲得绘声绘色，且很懂得些时局大事，说话实在，一点不遮拦避讳。我们庆幸坐了这车，从她嘴中得了些平民对世事的真实态度。而且她对扬州非常熟悉，尽在城内窄巷子七钻八拐地抄近路，一会儿就到了位于安乐巷 27 号朱自清旧居的门前。

旧居是一幢典型的扬州传统民间住宅，三合院式，为晚清所建，不过保存得相当完好。其中朱自清卧室和书房的陈设，基本保持了当年风貌，视之不由让人眼前浮现着长衫大褂的民国知识分子形象。

按理，朱自清属浙江绍兴人，他过去填写籍贯，从来也是绍兴。不过真实讲，说他是扬州人也不会有错。朱自清在自己的回忆中说，他祖籍绍兴，后来先祖到江苏东海做了小官，他的出生地就在东海（1898 年出生），6 岁时全家搬到了扬州。他到扬州，一住 13 年。成年后的他尽管走南闯北，但始终对绍兴十分陌生。在《我是扬州人》一文中，朱自清说："我家跟扬州的关系，大概够得上古人说的'生于斯，死于斯，歌哭于斯'了。"

朱自清是在扬州读的初等小学，没读完，读高等小学，18岁在扬州中学毕业后，考入了北京大学预科，同年在扬州结婚成家。次年考取了北大的哲学系，毕业后又在扬州、杭州、温州、宁波等地中学任教。1925年经好友俞平伯推荐，受聘为清华大学教授、中文系主任。

若论朱自清的理想、兴趣和贡献，应该说，哲学虽是他最初选择的志愿，而文学，尤其新诗，才是他最初的梦想。大约是感到了新诗创作之不易，他开始选择了写散文。他对文坛的贡献，主要也是散文。尤其写父亲的那篇《背影》，因历年被选入学生课本，其饱蘸浓情而文字洗练、朴实清新的风格，深深影响了几代中国人。

记得在中学时，我就对那种简练质朴却让人回味深长的作品兴趣十分大，感觉有无穷魅力。譬如周敦颐的《爱莲说》、许地山的《落花生》，再就是后来读到的朱自清这篇散文。要我再举出更多其他有同等分量的作品，似乎不那么容易。当然这只是就我个人情形说的，和当时的年龄恐怕也有关系，但起码说明一个道理，越看似简单，人人可做的文章，其实要写得好越难，非有很深功力和纯熟老到的剪裁办不到。朱自清自己在《我的写作》中就说，虽然《背影》的写作不曾费力，但以此认为只是"情感的自然流露"也不尽然，其中有他平时训练的因素，因为他自己就是国文教师。

在朱自清散文中，《匆匆》《春》《绿》《荷塘月色》等，也都是脍炙人口的美文。它们的共同特点，在于写景的传神生动，抒情的细腻真切，语言又格外的清新活泼，充分显示了一位学养深厚的国文教师的文字驾驭能力，也让当时的人们看到，用白话文写景抒情，是如何的别有天地。而我想要说的是，以朱自清的才力及情感的丰富，他本可以创作更多优秀作品，不止抒情散文，还包括小品文和杂文。

事实上，他确也写了大量这方面的文章，但少见有特别分量的作品。从捕捉问题的敏锐性、持论的正确性和引证的知识性来说，他似乎都不缺，但很多文章看到后面，就让人产生少许的遗憾，感到他抓是抓住东西了，文章也铺开了，叙述的氛围也形成了，几乎万事俱备，但就是欠一点集中，欠一点透彻，欠一点火候力度；其中一些批判性的杂文，更是少了些能进到骨头里的东西。而所写的不少游记作品，他自己的评价也许是中肯的，多限于游览指南。至于新诗，我个人认为，朱自清本可以有更多作为，可惜他自觉力有不逮，放弃了。20 年代前后所写的一些诗，都比较一般。使我有些矛盾的是，朱自清在《我的写作》中，把自己写诗的困难，归结为性格老实，情感和想象都很世俗，听上去又颇觉得有些道理。

朱自清的确是个诚恳忠厚的老实人，又是一位孜孜以求的学者。他品性善良，待人谦和，对人生和国家、民族的未来，充满了美好的憧憬和期待。他所有的文学创作，都反映出谦谦君子对人和对事的真实内心。也正是这样一位温和柔弱的学者，在《执政府大屠杀记》一文中，我们看见他对爱国学生的深切同情与敬佩，对段祺瑞执政府无情的痛恨与鞭笞。1948 年 6 月，为支持百位师长抗议美国扶日并拒绝领取美援面粉，朱自清在吴晗拿着那份声明找他签名的时候，当即毫不犹豫地签上了自己的名字。事后，他在当天的日记中写道：“此事每月须损失六百万法币，影响家中甚大，但余仍决定签名。因余等既反美扶日，自应直接由己自身做起，此虽只为精神上之抗议，但决不应逃避个人责任。”短短一段话，将一位有良心、有正义感的学者的内心，表达得多么清晰！也就在这一年的8月12日，朱自清于贫病交加中去世。

和大多数人论及朱自清不一样，我首先想到的还不是他在文坛上所留下的那些美文，而是他作为一位国学老师，在教书育人上的卓越贡献。在《国学是我的职业》中，他借胡适“哲学是我的职业，文学是我的娱乐”一话，清楚表达了“国学是我的职业，文学是我的娱乐”的志愿。朱自清一生著述颇丰，写了20多部书，近200万字。他在教学领域经年累月默默耕耘，不仅以自己扎实的功底、丰富的学识，而且以自己清俊独立的人品、文品，为中国教育界所谓教书育人者做出了表率。在那个动乱时代，这尤其显出可贵，如泥塘里一枝品格高雅的荷。“桃李不言，下自成蹊”。相信那一代代受着朱自清为文、为人影响的学生，都会自知，个人品性修养的形成，和这位呕心沥血、辛勤劳作的教师息息相关。

朱自清在文学创作上本应还有突破的，之所以不能达到，也许的确像他自己说的，是受到了自身因素的局限。但我想，那却不是他自己认为的情感和想象力的世俗，而是性格中的敦厚诚实。敦厚诚实在做人上是没有什么问题的，这也正是他受到人们敬佩的地方。但在作文上，处理不好，会导致过于拘谨放不开。他每事持论公允，过于讲求不偏不倚，为文从不剑走偏锋，从文学创作的特性看，对红白细胞都有杀伤力，而他不少的小品杂论，正是由于这一点少了锋芒和锐气。《桨声灯影里的秦淮河》是一篇不错的散文，在六朝金粉所凝，碧水阴阴、柔波漾漾、灯月交辉、笙歌彻夜的秦淮河上，载有歌妓船舫给人的如梦之感，和道德律的压迫使作者不能自拔，多少让我们看到了朱自清性格深处的这些因素。《女人》是他唯一一篇比较放开谈论女性的文章，但即便如此，我们看到，作者也在一开始就说明了，通篇只是朋友言论的如实记录而已。

在对扬州记忆的文章中，朱自清说，提起扬州，许多人想到的是出女人的地方，但他从小到大，不曾在街上见过一个出色女人。有意思的是，我此次在扬州二日，同样见不着一个。

我也是在很年轻时知道人们对扬州出女人的评价。记得那还是二十一二岁，我人生颇不顺利的阶段，一天，我和一位年纪稍大、正等着退伍安排的连长因事一块到洛阳。他有一位部队同乡在洛阳，妻子也正好来队探亲。他带我去这位同乡临时居处吃了顿晚饭，听说他同乡的妻子就是扬州人。或许我记得不准，是无锡人也不一定。不管怎么说，那是我平生第一次将扬州和女人对上号。那女子长得不算漂亮，但有特别的清秀和贤良端庄。我们围着一张临时拼凑的矮桌吃饭，喝了酒。大概同是感觉前途茫茫的人吧，借着点酒，大家聊得很投入，很开心。那女人一直在为我们烧菜，始终没挨桌坐。身在异乡，身为异客，共同的心情，加上部队生活的艰苦，这一顿饭，别说吃得有多香。扬州女人给人留下的温馨，也这样长久地留在记忆中，随着时间的推移，越是模糊，越有韵味。

晚明的离经叛道者

我比较爱读晚明小品文，也因此对其代表性人物、明代著名异端化思想家李贽有一些了解。

李贽（1527—1602），字宏甫，号卓吾，别号温陵居士，泉州府晋江（今福建泉州）人，回族（一说汉族）。其先世数代以航海经商为业，信奉伊斯兰教，到祖父一辈时家道中落。嘉靖三十一年（1552 年），25 岁的李贽中了举人，中年时做了国子监博士，1570 年为刑部员外郎，后任姚安知府。因不满当时官场的黑暗腐败，李贽 53 岁时辞掉官职，到湖北麻城投奔了好友耿定理，并开始专门从事讲学与著述。数年后耿死，李又移居至麻城龙潭的芝佛院，从祖上信奉伊斯兰教传统改为信奉佛教。

研究者称，李贽并未受过严格正统的儒家教育，他的成就，主要体现在小品文创作领域。我认为，也许正是由于家庭历代海外经商的影响，以及从未受到过儒家严格正统教育的经历，李贽在敢于突破传统思想禁锢、大胆质疑儒家经典方面，远远超出了同辈人。他不但驳斥宋以来被视为权威正统的程朱理学，还将挑战锋芒直接指向了先秦儒家的源头，贬抑六经，批判孔子。他的离经叛道行为，自然不为当时社会所容，被统治者诬为“妖人”，晚年终被罗织罪名、逮捕入狱，并于狱中自杀身亡，时年75岁。

湖北辞书出版社20年前出版的《明清性灵小品》，收入了明清小品文300余篇，其中最多是清代李渔的文章，大部分为闲适愉悦小品；其次为晚明小品文高手袁宏道的文章；再次为明清之际和清代小品文作家张岱、袁枚及晚明李贽的文章，收有李贽的小品文15篇。李贽小品文主要是议论文，故多表现在思想感悟和读书交友范畴。在《世纪列传总目前论》一文中，李贽从是非具有相对性论点出发，阐述了人的认识是处于不断发展变化的这一重要观点，指出：“夫是非之争也，如岁时然，昼夜更迭，不相一也。昨日是而今日非矣，今日非而后日又是矣。”进而提到，假使孔夫子今日在世，尚不知他对今天之事作如何是非判断，那么，我们又怎么可以他的是非判断来决定对学者的赏罚呢？“虽使孔子复生于今，又不知作如何非是也，而可遽以定本行罚赏哉！”这对千百年来以孔子定于一尊的社会传统，无异为有力一刺，也充分表现了他对实施舆论压制社会环境的愤愤不平。在《题孔子像于芝佛院》文中，李贽更尖锐讽刺了人人皆盲从孔子，世代相传，以至仅仅只凭孔子“攻乎异端”一句话，便“万口一词”“千年一律”，臆测攻老佛为异端是孔圣人意思的社会现象，罔顾孔子时代佛教还根本没传入中土这个基本事实。

《赞刘谐》（刘谐，湖北麻城人，李贽朋友），是一篇讽刺道学家的文章。作者借刘谐与一位道学家的对话，直接批驳了朱熹所谓“天不生仲尼，万古如长夜”的荒谬。文中描写的那位道学家，“高屐大履，长袖阔带”，自诩为孔子之徒，很是一番派头，当刘谐故意嘲笑他，称自己是孔子之兄时，道学家愤而言道："天不生仲尼，万古如长夜，你是什么人，竟敢以仲尼之兄自称！"刘谐答道："怪得羲皇以上圣人尽日燃纸烛而行也！"（难怪伏羲氏以前的圣人要整天点着纸烛走路啊！）对方听了顿时语塞。文章寥寥数语，便刻画出那位道学家道貌岸然而又愚钝无知的形象，而刘谐从容淡定、机灵敏慧的性格也跃然纸上。

既以议论文为主，李贽小品的文学性自然会受到一定程度局限，他这篇《赞刘谐》算是例外，虽篇幅短小，却立意清新，文字简约而兼活泼俏皮，与明冯梦龙《心中有妓》，清袁枚《沙弥思老虎》《官癖》等风格接近，读来让人颇觉有味道。但是，若论及晚明小品思想的深刻性和言辞的尖锐犀利，李贽则毫无疑问是其中佼佼者。

由于晚明小品笔调闲适的东西毕竟占了相当数量，学界历来对其有不同看法，推崇备至或基本不看好者，均不乏其人，鲁迅便属后者之一。不过我想，如果换一个角度，从宋代理学对学术思想界压制的背景来看问题，晚明小品之所以更多表现出一种文体解放和抒发个性自由的东西，也是好理解的。因为任何一个时代的主流文体与文章风格，恐怕都和它那个时代的背景脱不了干系。

泉州仍保存有李贽故居，位于万寿路一端路口的不远处，门面非常小，一不留神会走过去。那是一间面阔约两米的两层旧式瓦檐房屋，二层为四扇竖式花格木窗；底下一层，两旁木漆脱落的门板间，开着一扇小门，入门穿过窄窄的过道，可见庭中一个袖珍式的小院落，栽着树木，中间一块石座上有李贽的半身雕像。屋子后院，像泉州当地很多人家一样，连着城内河道的一条小渠。

泉州是中国古代海上丝绸之路的重要港口之一，从遍布市内的内河沟渠，完全可以想象到古时这里家家后院停泊小船、条条水渠通向外海，水上交通十分发达的情景。李贽故居不远处就是天后宫，宫前现仍有一大片空旷和被闲置的地方，我猜那里多少年前可能会是一片可供泊船的水域。

泉州开元寺离故居也不太远。该寺始建于唐垂拱二年（686年），几经易名，到唐开元二十六年（738年）时，因玄宗下诏各州建一座开元寺，故改称现名。寺院规模宏大，占地达8万平方米，是福建省内最大的佛教寺院。耸立在寺内东、西两侧的石塔尤引人注目，均用厚重的花岗岩石砌成，高大宏伟，气势不凡，一名镇国塔，一名仁寿塔，又称东塔、西塔，是宋代所建，非常特别，为全国仅见。

我想，李贽皈依佛教后，应该和这座寺院是有来往的。不过，以这样一位离经叛道者的性格看，其之所以踏入佛门修行，应该和他当时不为世人所容的身处环境有关，未见得他就真正信佛。李贽所谓“穿衣吃饭，即是人伦物理”的论点，说得简白透彻，是对宋代理学家鼓吹“存天理，灭人欲”最直接的批驳，而晚明以后对孔夫子开始的质疑之声，到“五四”时期再度回响，甚至成为一种社会思潮。回头看，中国社会在围绕如何看待孔夫子和儒家学说的问题上，长期以来就有两种尖锐对立的观点在反反复复论战，持矛执盾、相攻不停的局面，也似乎从来没有终止过。

湘西草堂

王船山故居湘西草堂，位于湖南省衡阳县曲兰镇的湘西村。从衡阳市坐车去，一个来小时路程，后半段基本是简易乡村小道，迂回盘绕在丘陵地带的村庄与田野间，路宽勉强通得过一辆车，若不熟悉方位，不那么容易找到。

王船山，名夫之（1619—1692），字而农，号姜斋，湖南衡阳人，明末清初杰出的思想家，唯物论者，也是著名的爱国主义人士。清入关后，曾举兵起义抵抗清军南下，后加入南明永历王朝，因深感仕途险恶，遂挂冠归隐，以著述为生，晚年回到家乡曲兰镇金兰乡的高节里，居于石船山下里人旧址茅屋，筑湘西草堂，并在此隐居 17 年，潜心著书，一生著作达百余种，八百余万字，主要有《张子正蒙注》《周易外传》《思问录》《读通鉴论》《读四书大全说》《尚书引义》《宋论》《噩梦》《诗广传》等，其中不少均完成于石船山下的这座草堂，后人因之称为船山先生。双髻外史、船山病叟、南岳遗民、一瓢道人等，均为其号。而“船山”二字，则是指山形似船之意。在《船山记》一文的开首他便写道：“船山，山之岑有石如船，顽石也，而以名之。”也是在此文末尾，他还表示了自己要“终于此而已矣”的愿望。后果真实现了此愿，于康熙三十一年（1692 年）病逝在这座乡间幽静的草堂，安葬在高节里的大罗山麓。

我不止一次见到过王船山先生身着明朝服饰的遗像，印象深刻。他清癯消瘦的脸庞上，蓄着细长的山羊胡子，颧骨微凸，下颌削尖，双目平静祥和而显睿智。一眼看去，就是那种沉静于书斋、一丝不苟的读书人形象，有道骨仙风的气派。令一般人想象不到的，却是他身上同时兼有的果敢、刚毅及勇于反叛传统的性格。他至死都不忘记自己明朝遗臣的身份，在《自题墓石》中为自己所题的墓志铭是："抱刘越石之孤愤，而命无从致；希张横渠之正学，而力不能企。幸全归于兹丘，固衔恤以永世。"清楚表明了他一生以刘越石和张横渠为做人榜样的志向。

刘越石即刘琨，字越石，中山魏昌（今河北无极县）人，是晋朝政治家、文学家、音乐家和军事家，官至并州刺史，永嘉之乱后，为抵御前赵军队的进攻，曾据守晋阳达 10 年之久，后督并、冀、幽三州军事，失败后被杀。张横渠即张载，字子厚，陕西凤翔郿县（今陕西眉县）横渠镇人，是北宋时期著名的思想家、教育家，理学鼻祖。

王船山以张载为帜不难理解，因二人同为学者和思想家，后者毕竟代表了一个时代，也是一个学术领域的高峰。以刘琨为标杆，则明显传递出其在气节和忠勇方面对历史人物的向往，否则我们便不好理解，在他之前，无论朝野，都不乏众多有影响的人物，为何他特别青睐于刘琨。因为刘琨除了像他一样，在文学艺术上有成就、有追求外，突出之处是其忠烈义勇的传奇人生，使他这个自感生逢不遇之世的前朝遗臣，倍为追慕。实际情况也如此，明朝败亡后，他义无反顾地加入反清复明阵线，拼死抵抗清军。明朝降将吴三桂覆手为雨、反叛清朝，于湖南衡州称帝后，十分想得到他的劝进表，还遭到他毅然拒绝。晚年病重时，清朝湖南巡抚与衡州知州因其声名，都表示要前来拜会，他不但拒绝，还将所送礼金悉数退回，显示出其清者自清、不附权贵的秉性。这在学者中实属难能可贵的品质。

清楚了这点，我们就不难理解，船山先生何以能在这么个偏僻的湘西角落里，蛰居了将近20年时间，据说晚年的生活还极为贫困，连著作用的纸笔都要向门生故人借，却自甘清苦，闭门谢客，不愿受外界干扰，坚持著书立说直至生命最后一刻。也可以更加明白，为何他对古代诗文如此热衷，尤赞屈原，神契《离骚》。至于王船山热血澎湃的爱国主义情怀中，可能多少夹杂了些较为狭隘的民族主义成分，我们也只能说，那毕竟归于他的历史局限。

翻阅中华书局出版的《王船山诗文集》上下两册，里面大量收录的是他的诗作、辞赋，称得上卷帙浩繁。有些诗作辞赋，像《九昭》《南岳赋》《章灵赋》等，写得还相当长，情感色彩相当浓。除此之外，也有序、传、记、疏、行状、墓志铭等各种体裁的文字收入。属论的，只有屈指可数的3篇，分别是《知性论》《老庄申韩论》和《君相可以造命论》。尽管如此，我却认为这3篇很重要，里面折射出了船山先生对社会和事物观察的基本方法。

其中，《君相可以造命论》反映的是他唯物主义认识论的观点，即天地虽可造万物之命，却无法自造其命；所谓的君相造命，不过是顺天应时，“规乎其大凡”而已，如果认为君相可以随心所欲地按个人意志改变世界，则流于荒谬，无异于

“以羽扣钟，以指移山，求其济也，必不可得已”。

《知性论》一篇，更是从“名”和“实”、“体”与“用”之间的关系，阐述了事物“表”“里”、“形”“核”既各自存在，又互为依存的完整体系，只知其一，不知其二，都不能称得上是知，也就不能说是懂得了事物的“性”，这就具有了辩证法的意义。

到湘西草堂，迎面可见到一座白墙青瓦的湘南民居旧宅，属康熙十四年（1675年）所建，康熙五十四年（1715年）由其子重修，悬山顶，面阔三间，左侧有偏檐厨房。前廊两根立柱，中间堂屋门上的“湘西草堂”四字匾额，为主人自题。堂屋左面一间是船山居室，右面一间为书房。草堂门前的两旁，各有一株300余年的柏树，左边不远有一棵400余年的紫藤。宅子后面，现已围出了一个不算小的院落。徜徉在院子的小树林间，偶尔可以见到几株百年以上的香枫。

草堂前，是一片已经干涸了的莲田，约莫150亩地的样子；远处点散开来的景致，则是一小片一小片的油菜花地。有意思的是，这简单质朴的乡村景象，大致跟王船山先生当年写《船山记》时所描述的差不多，“其岗童，其溪渴，其靳有之木不给于荣，其草癯靡纷披而恒若凋，其田纵横相错而陇首不立，其沼凝浊以停而屡竭其濒，其前交蔽以絯送远之目，其右迤于平芜而不足以幽……”。当然，要说是“其农习”仍旧“不修”，“其俗旷百世而不知琴书之号”，却毕竟是不可能的事了。因为看得出来，尽管这一带经济社会发展的整体水平还比较低，但附近偶尔一两户富裕人家建的单幢独院式的现代楼房，却清楚向外人透露了这里已经有了的某种骚动，它们犹如炫富一样鹤立鸡群地立在普通民居中间，显得十分抢眼。

我这么多年全中国南来北往地各处跑，忽然得到一个总结，即每到一地所乘的出租车，司机几乎没一个不是在广东的广州、深圳或东莞待过的，这回也如此。借着中午在草堂斜对面不远处吃农家菜的当儿，我和这位司机小聊了会儿，他是个30来岁的年轻人，已经有两个孩子。

我说，像衡阳王船山这样了不得的人物，湖南历史上可是出了不少哦。不料他听了却很不以为然，并向我坦言道，也许因为有到过广东的这点经历，他现在有些瞧不起衡阳当地人。

“为什么呢?”我不由好奇地问。

“没什么出息呗，太安于现状了，不愿意拼搏奋斗。”他接着解释说：“打个比方吧，一个衡阳人，如果现在手里已经有了一套房子，另外还有20万块钱，一般就不会再去工作了，宁愿整天待在家里玩，带带孩子，打打麻将。可广东人就不这样，即使是女人，也还会十分勤奋地在外面拼搏。”

我听了不由轻轻一笑。看来真是不同事物，在不同人眼里会有不同结论。不过，无数早期到过广东打工的人，回去散布到各地之后，无形中起到的一些作用，这点却是可以肯定的，我已遇到过不少类似情况了，从和他们随意的交谈中你便能得出印象，这些到过处于比较开放社会环境下省份的人，耳濡目染，多少会带回家乡一些让其他人感觉新鲜的东西，在不知不觉中影响着当地社会，这大概就是人们通常说的观念和文化的一种融合吧。

儒学始祖的故里

相信大多数游览者，即使是久怀慕名之心而来，一旦走进山东曲阜孔庙规模宏大的建筑群中，还是会被眼前这个国人已顶礼膜拜了两千多年漫长岁月的庙宇，如今依然保有的威严气象深深震撼。

人们现在看到的孔庙，为三路九进院落式建筑群，占地约 14 万平方米，保留有金、元、明、清各朝代建筑百余座，殿、堂、楼、阁、亭及门坊、回廊等建筑物，无不经纬细织、左右匀称地贯穿在一条南北中轴线上，尺度庄严、规整有序。加上院内到处满刻岁月年轮的参天古柏，行走其间，不能不让人感觉得肃然起敬。尤其是庙内主体建筑大成殿，即祭祀孔子的中心场所，朱门黄瓦、重檐飞甍、画栋雕梁，更显得气势非凡，据说它和北京故宫的太和殿、泰安岱庙的天贶殿，共同构成了所谓东方著名的三大殿。

史料称，孔庙是在孔子去世的第二年建的，但主要还是依托孔子的故居，到隋朝才改变了这种以故居为庙的规制。以后孔庙经历代重修，规模不断扩大，到明朝发展到鼎盛期，并从此奠定了现今所见到的规模。历史上曾有 12 位皇帝共 20 次到曲阜孔庙祭祀孔子，其中仅乾隆帝一人就来了 8 次之多。这恐怕是当年那个不惜远离故土，筚路蓝缕、四方游说、以图精进，最后却不得不失意而归的孔子所万万没想到的。

孔子的身世，司马迁在《史记·孔子世家》中的记载还算详细，说他于鲁襄公二十二年（公元前551年）出生在鲁国昌平乡的陬邑（今山东曲阜东南），是父叔梁纥与一颜氏女子私通生下的孩子，因降生后脑袋四面高、中间低而取名丘，字仲尼，姓孔。关于这段记录，孔子诞生的“夫子洞”所在地尼山镇流传着两种说法。一种是孔子母亲颜氏因在路上临产，入洞内生下孔子；第二种是因孔子生下来丑，父亲叔梁纥将其弃于野外，被老虎叼入洞内喂养，洞内潮热，又有老鹰用翅膀为其扑扇，故孔子有“凤生虎养鹰扇”之说。

尼山镇离曲阜约30来公里，据说是目前曲阜最穷的一个镇，四处布满石头山丘。“夫子洞”在一处山丘的底下，有两条低矮柏树掩映的小径通向洞前的小片开阔地。石洞洞口很小，洞深约3米，里面湿凉。

关于孔子长相，人们已无法弄清楚；见得最多的，只是清代初期的一幅画像。据说他高大魁伟，有“九尺六寸，腰大十围”的体形，鼻梁宽大，眉梢微垂，长须掩胸，相貌即使说不上丑，肯定也是非常一般，乏善可陈。但仅因长相而遭父遗弃，和所谓“凤生虎养鹰扇”的传说，应该不为人信。

倒是第一种传说可信度较高，孔子母亲极有可能是半路临产生下了孔子，而且以我的推测，孔子极有可能还是不足月的孩子。司马迁的“野合”一说，是否依据的是颜氏属半路临产，并将孔子生于洞内的这个传闻，我们不得而知。但孔子属私生子的说法，似乎找不到更多权威的史料来证明。不少研究者就认为，孔父与颜氏实际上有正式的婚姻关系，非为私通。

有研究者还说，在孔子之前，其父与原配早就育有9女，后来小妾又为他产下一足部有缺陷的儿子。由于叔梁纥不甘于此，才设法说服颜氏家长将小他很多的女儿嫁给了他（见金安平《孔子》）。其实，孔子所处的年代，正值“礼崩乐坏”，男女关系并不像后来那样到了雷池不可逾越的地步，男人娶妻纳妾十分正常，甚至私通也是常有的事，这在《史记》和《东周列国志》中都可见到不少。所以，婚生和非婚生，司马迁并没避讳，我们现在过于认真讨论也就没多少必要。

孔子到底属什么样的人，性格上有什么显著特征？这也是见仁见智的事。我的看法，孔子首先应该是属于一个有积极入世态度的人，表现得有抱负、有追求。体现在两方面。第一方面，是他原本十分热心政治，做官的愿望很强，不然的话，他不会离开故国，周游列国那么长时间。他频繁奔波于各国之间，为的就是用自己的政治主张说服各国君子，并以此为自己谋得一官半职。在他那个时代，通俗些说，只有为官才能更加有为，只有为官也才能更好地实现自己的主张和抱负。孔子本人也不回避这点，在不同场合都曾明确告诉过别人，自己这样做的目的之一就是渴望受到“重用”。孔子在去蔡国的途中，遇见长沮、桀溺两人在地里耕作，于是让子路前去问路。长沮、桀溺通过子路带话孔子，大意是说天下动荡不安，不值得孔子这样去东奔西跑，不如像他们二人这样躲避社会。孔子听后就说了这样一番话：“鸟兽不可与同群，天下有道，丘不与易也。”这番话就充分表达了他积极入世且矢志不移的理念。

孔子孜孜以求体现的第二方面，是他周游列国14年，四处碰壁，最后不得不回到鲁国之后，从此专心致志地教书做学问，直至去世。他花费了极大心血，整理修订了《易》《礼》

《尚书》《诗经》《乐》等经书，并修订了我国第一部编年体史书《春秋》。他这样做的目的和愿望，也是为了铭传后世，即他自己说的“弗夫弗夫，君子病没世而名不称焉。吾道不行矣，吾何以自见于后世哉”。

孔子性格上的另一个显著特征是，虽为满腹经纶的学者，但表现得十分灵活，一点不迂腐，懂得什么场合说什么话和对什么人说什么样的话。他这样做的结果，自然让人觉得他似乎常常违背自己的某些言论，或者自食其言，这也是他让弟子们总感觉到困惑不解的地方。最典型的例子就是他在准备去卫国时，途中受阻，于是向阻挠他的人起誓，答应不再去卫国了。可当对方放他出城门后，他转过身来便又去了卫国。子贡于是问他，你这不是随意改变了自己的承诺吗？可孔子怎么回答的呢？孔子说：“要盟也，神不听。”意思是武力威胁下订的盟约，神是不作证的。孔子这样的回答，是叫人啼笑皆非的，但也可以说是一种智慧。《孔子世家》还有不少这样描述孔子的地方。譬如中牟发生叛乱，派人请孔子去，孔子应允。子路不解，说他这是违背了从前说过的君子不要到做坏事人那里去的言论。孔子却说：“是说过这样的话，但我不是还说过，真正坚硬的东西是怎么也磨不坏的，真正洁白的东西是怎么也染不黑的这样的话吗？我又不是一个葫芦，怎么可能只挂在那里中看不中吃呢？”（“有是言也。不曰坚乎，磨而不磷；不曰白乎，涅而不淄。我岂匏瓜也哉，焉能系而不食？”）

当然，司马迁《孔子世家》里对孔子的记载，不见得就完全是历史真实。除“野合”一说外，宋代朱熹在《四书集注》中的《论语序说》里，就提到《史记》有两处记载应该有误。一处是说楚昭王使人聘孔子，孔子将往，陈、蔡两国却将孔子围困于荒野，以至孔子一行人等绝粮于陈、蔡之间，饥饿困顿，几乎绝望，这便是有名的“陈蔡之厄”。朱熹认为，孔子之厄发生在陈、蔡之间的可能性并不大，原因很简单，楚是大国，陈、蔡两国此时均臣服于楚国，楚国若想聘孔子，这两个国家焉敢派人围困？朱熹还认为，根据《论语》本身记载，孔子受厄应该是在去卫如陈之时。我查阅了《论语》，朱熹说的这段记载，是在《卫灵公第十五》篇的第一节，即“卫灵公问陈于孔子，孔子对曰：‘俎豆之事，则尝闻之矣；军旅之事，未之学也。’明日遂行，在陈绝粮，从者病，莫能兴”。瞧，以严谨著称的司马迁，《论语》在他手上自然也不知阅过了多少遍，尚且都没察觉到自己的疏忽，何况万千的孔子研究者呢？

另一处是《史记》中提到的“昭王将以书社地七百里封孔子”。朱熹认为也没这个道理，但根据是什么没说。我估计这是因为“七百里封地”实在太大了。正如《史记》里引用楚国令尹子不同意楚昭王这样做时说的那样，楚国祖先当初在周朝受封时，一级爵位的封地也才只有五十里，孔子凭什么受封这么大的地方？如此大的差距，难道楚昭王自己会一点不明白吗？况且，楚国自己的地盘当时也不过几千里。

孔子儒学始祖的地位，和他成了中国人两千多年来最重要的祭祀对象，除了他本人的人格、思想和学说影响外，从客观上看，离不开若干人在其中的助力因素。他的弟子固不待言，否则孔子的名声传播不了那么广，也不会有《论语》的诞生。不像现在，“师傅教徒弟，徒弟杀师傅”和“过河拆桥”的事那样多。

接下来值得提到的，我认为还有鲁哀公这个人。尽管后世评论孔子，没多少人会联系到鲁哀公。《史记》里写到鲁哀公给孔子写悼词的时候，也说子贡对他极度悲伤的言辞十分不满，责怪他生前不用孔子，死后才说这些好话是不合礼仪、不合名分。但事实上，我们今天能看到的孔庙，毕竟是源于鲁哀公在孔子去世第二年就下令立的庙。换句话说，鲁国的这位名人，起码是得到了自己国君肯定的。如果不这样，孔子会不会遭遇“墙内开花墙外红”那样的命运也难说。现在这样的事也很多，不少有才华的人，无论做出了怎样的成就，就是得不到自己上司和本地的肯定，只是“出口转内销”了局面才改变。

再下来就是西汉的两个人物了。一是汉高祖刘邦，他属于开皇帝到曲阜祭祀孔庙先例的人。他以后才有了历代皇帝即便不是亲自到曲阜祭祀，也会遣官致祭或遣官祭告。二是群儒之首的董仲舒，是他用孔子《春秋》大一统思想，向汉武帝提出了“罢黜百家，独尊儒术”的主张，从而从国家层面上强化了儒学的地位。司马迁就此评论说：“孔子布衣，传十余世，学者宗之。自天子王侯，中国言六艺者折中于夫子，可谓至圣矣！”

最后是朱熹。他的《四书集注》不仅被儒学名儒奉为圭臬，事实上还成了科举时代的教科书，成了所有读书人追名求利的登云梯，使孔子的名声上到云端再难下来，哪怕中间历经曲折、几起几落。

孔子逝世于鲁哀公十六年（前 479 年）。墓地位于现在的孔林内，东面是儿子孔鲤的墓，南面是孙子孔伋的墓。孔子墓的西侧则有子贡庐，是为纪念子贡在此守墓 6 年而建的。孔林是孔子及其后世子孙的家族墓地，现存面积 3000 余亩，墓葬

10万余座，被称为世界上延时最久、规模最大的家族墓地。孔子非嫡裔64代孙、《桃花扇》作者孔尚任的墓也在里面。

孔府则是孔子嫡长孙及历代衍圣公居住和办公场所的一处古建筑群，建筑面积12,000多平方米，有数百间楼房厅堂，后花园中的一株“五柏抱槐”生得甚是奇异，多吸引游人驻足观望。

鲁国是周公旦之子伯禽的封地，鲁国人都把周公视为自己的先祖。孔子虽是宋国贵族的后裔，但毕竟自幼失去了父母，他的成长，主要还是有赖于鲁国这样西周文化传统比较深厚的环境，跟他宋国破落贵族后代的身份没多大关系。孔庙、孔林、孔府之外，曲阜现在保留的历史遗存还有很多，如周代的鲁国故城、周公庙、颜庙和尼山孔庙等。

看了如许多或庄重华丽或等级森严的建筑和庭院之后，不知为何，最让我感到亲切和自然的，还是尼山庙前一个小小的观川亭。据说，沂水边上这个山丘的一旁，正是孔子当年发出“逝者如斯夫，不舍昼夜”感叹的地方。我想，这句发自肺腑的感叹，才该是被后世视为圣人的孔子朴实和真实的内心写照。只是，现在地方还是那个地方，河流却不再是那条河流了。

1994年，联合国教科文组织世界遗产委员会将曲阜的孔庙、孔林、孔府列入了《世界遗产名录》。

孟子和邹城

今天山东省南部的邹城市，原为邹县，两千多年前属鲁国的城邑，是中国古代继孔圣人之后的另一位著名思想家、教育家孟子（约前372—前289）的故乡，位于孔子故乡曲阜的南边，两地相距仅20余公里。

和司马迁在《史记》中将孔子放在《世家》中独立成篇，且记载较为详细有所不同，孟子在《史记》中是放在了《列传》，不但与荀子合为一篇，且篇幅十分有限，仅两小段文字。关于孟子的身世，也只寥寥数语，提到他是驺人，曾经跟着子思（即孔子之孙孔伋）的弟子上过学，学成之后，游历了齐、梁两国，因为无法实现自己的抱负，最后不得已回到了家乡，和他的学生万章等人研究《诗经》与《尚书》，写出了《孟子》一书。再多的记叙就没有了。

孟子被后世尊称为亚圣，儒学的地位仅次于孔子。然而，在伟大史学家司马迁的处理下，为什么会出现这么大的差别？这中间，除了司马迁所处年代，孟子毕竟尚未声名鹊起这个原因之外，有没有其他原因呢？

也许是我孤陋寡闻，翻阅了众多史籍资料，均未见到儒学领域有代表性学者对此事发过疑问的。但是，单就司马迁记叙孟子的这两小段文字分析，我认为是不排除他这样处理会有其他原因的，那就是孔、孟虽同属儒学“仁义道德”的推崇者，且在游说各国君主时同样都遭受到了冷遇（“所如者不合”），但司马迁却从二人所居时代背景的不同，多少对孟子学说是持了一种较为审慎甚至略有质疑态度的。

我们先看《孟子荀卿列传第十四》的首段：

> 太史公曰：余读孟子书，至梁惠王问“何以利吾国”，未尝不废书而叹也。曰：嗟乎，利诚乱之始也！夫子罕言利者，常防其原也。故曰“放于利而行，多怨”。自天子至于庶人，好利之弊何以异哉！

注意，在这段文字末尾，司马迁是将天子好利与庶人好利所产生的弊端相提并论的，这说明他对“利”这种东西所持的态度比较客观，并不将一切“利”都排除在外。联系前一句他认为孔子“罕言利”的原因，也主要是从防范和担心的角度，我们就有理由认为，司马迁对孔子是在尽力包容。

可对孟子就不同了，接下来的一段文字中，司马迁借齐宣王和梁惠王之口，非常直白地说，孟子之所以游说二王而不受待见，就是因为他那套东西“迂远而阔”，即大而不当、无济于事之意。并在分析了当时秦国正在任用商鞅实行变法，楚国和魏国先后任用吴起，齐国任用孙膑，都收到了立竿见影的效果这个事实，点出孟子正是因为仍在那不停地“述唐、虞、三代之德”，讲那些过了时的老话，所以没人理会（“是以所如者不合”）。

通观全文，可以说，记叙孟子的文字不但极少，且完全找不到一句褒扬的话。而在《孔子世家》中，司马迁对孔子却用了非常多极力赞扬的词汇，直至称孔子为“至圣”。如此显著的差别，难道司马迁完全是无意为之，丝毫不代表他对孟子内心实际存在着看法吗？这似乎有些说不过去。

再看他在《孟子荀卿列传》中对荀子的记叙，文字虽然同样不多，但明显是褒扬荀子的，称他“嫉浊世之政……鄙儒小拘”，“推儒、墨、道德之行事兴坏，序列著数万言而卒”。

之所以有这种差别，依我之见，还是由于上述原因。荀子年代，社会已处于非常讲实际的年代，在各国相互间图谋兼并的形势下，谁强大谁行得通，谁说了算，反之则难以生存。荀子的一套学说，正是对社会这个现实看得比较明白透彻，因而受到人们重视，特别是他之后法家的迅速崛起，更是对儒学形成了严峻冲击，导致哲学层面上的一种革命性变化，并一时有盖过儒学风头之势。荀子的两个学生李斯和韩非子，就既是当时推行法家学说的两个重量级人物，又是社会产生巨大变化的实际影响者。司马迁是看到了这点的，因而对荀子的评论还是用了肯定词句。

我比较倾向冯友兰先生的观点，他认为儒家的主张是理想主义的，法家的主张却是现实主义的。孟子名垂后世的重要原因，是他在继承孔子学说的基础上，发展出了“人性本善说”。而荀子则是儒家的现实主义者，他的观点恰相反，是主张“人性恶”的，韩非子作为法家的领袖人物，则更是将“人性恶”推到极致，对教育可以转化人完全不感兴趣。在《中国哲学简史》一书中，冯友兰先生指出，儒、墨、道等先秦流派学说的传统思维方式中，包含有一种历史的退化观，即凡事依循过去惯例，并分析其原因可能与中国大多数民众属于农民，受土地束缚有关，这是有道理的。但儒家学说几经周折，最后一直成为中国社会的主流思想，原因恐怕就不止于此了，它还和孟子这位亚圣的《孟子》七篇有极大关系。朱熹在《四书集注》的《孟子序说》中，就引程子的话评价孟子是“自孔子没，独孟轲氏之传得其宗。故求观圣人之道者，必自《孟子》始”，“孟子有大功于世，以其言性善也”。

根据朱熹的注，孟子是鲁公族孟孙氏之后。这说明孟子的出生比孔子还要有背景，是鲁国新兴地主阶级代表季孙氏、叔孙氏和孟孙氏三家中孟孙氏族人后裔。这三家由于势力越来越大，终于在公元前592年瓜分了鲁国财产，使鲁国君主形同虚设，这便是历史上有名的“三分公室”。到前537年，三家再行瓜分，又将鲁国公室财产分为四份，季孙氏独得二份，形成了所谓的“四分公室”。“三分公室”和发生在晋国的韩、赵、魏“三家分晋”事件，都被史学家看作是中国从奴隶制社会向封建制社会过渡的历史分期。

关于邹城的“邹”，史料中涉及的称谓有“邾”“邹”“驺”3字之多。如《四书集注》说它本是邾国，即历史学家考证起源于周武王灭商后封黄帝之孙颛顼后裔于邾，称“邾侠”，后经周天子正式册封其后世为子爵，位列诸侯，所形成的邾子国，也是鲁国的附庸国。而“邹”，部分史料称是战国时期鲁穆公将其改的名。但在司马迁的《史记》中，我们看到，“邹”字又被用为了“驺”。有专家通过考证分析认为，“邾”“邹”“驺”，其实都一回事，只是同音不同字而已。

我的看法有些许不同。我认为，“邾”“邹”“驺”3字虽同指一地，却并不完全是一回事，称谓的不同，毕竟反映了不同历史阶段其名称变化所经历的过程。可以这样认为，春秋以前，“邹”一直称“邾”，这是没有疑问的。到了战国时期，“邾”被改为了“邹”也是事实。《孟子·梁惠王》篇中，我们见到孟子使用的就是“邹”字，因为孟子属战国时期人。至于司马迁的《史记》为什么出现了“驺”字，那是因为战国后期，邹国已经被楚国灭掉了；年深月久之后，邹国故城逐渐成了废墟。至秦时，由于在这里设置了驺县，所以不仅《史记》，还包括《汉书》，才都出现了“驺”字。

和曲阜有孔庙、孔府、孔林一样，邹城也有孟庙、孟府、孟林。孟庙又称亚圣庙，始建于北宋景祐四年（1037 年），北宋宣和三年（1121 年）迁建于现址，为五进院落，占地约 2.4 万平方米。孟府面积与之接近，却是七进院落。孟林位于邹城东北十几公里远的四基山西麓，占地超过了 900 亩。孟子的诞生地在邹城北部的凫村，那里还保存有一座他的故宅。

在孟庙中，人们可见到一块用雄浑有力书法刻写的“孔子以后一人功不在禹下”石碑。“功不在禹下”一语，出自唐代的韩愈；极力推崇孟子的宋代学者，包括朱熹和二程，都是深受韩愈影响的人物。

今天的人们对秦始皇评价普遍较高。而我认为，秦王朝至顶端而迅速走向灭亡的历史事实，不啻产生了一种物极必反作用，其负面效果是导致了法家思想旋即遭到重大打击，而儒家思想中包含的某些消极因素，则被所谓秦亡国的教训给遮蔽了。或则可以说，法家思想闪现出来的某些初辉，本来是大有益于华夏民族发展的，却因为秦朝亡国的教训而遭致扑灭。这一结果，直接影响了中国哲学两千多年的演进。

东风细闻秭归芳

因为屈原和王昭君的名字，不少人知道秭归。这两个人，一是文采斐然的伟大诗人，一是“沉鱼落雁”的著名美女。

史料载，屈原（约前340—前278），名平，字原，出生于今湖北省秭归县，是战国时楚国的贵族之后，曾辅佐楚怀王，任左徒和三闾大夫等职，甚得怀王信任。后因朝内群小谗言，被怀王疏远；怀王之后，又因令尹子兰的嫉恨遭致顷襄王放逐，长期流徙于沅、湘流域，报国无门，悲愤忧郁，最后自沉汨罗江而死。

记得大学时读游国恩、王起等人主编的《中国文学史》，屈原和楚辞有专门一章，其中以屈原生平介绍及作品评析构成主要篇幅，充分肯定了屈原在中国文学史上的重要影响及地位，并以“伟大的爱国主义诗人”对其做出具有概括性的评价。

屈原的伟大，以及他作品对中国诗歌的重大贡献，这是没有异议的。只是，读过他若干代表性作品之后，我认为《中国文学史》一书用“伟大的爱国主义诗人”概括屈原的一生，总不如用“伟大的浪漫主义诗人”去概括要来得更加准确和贴切。作为这本书的编者，其实在书中也不仅以屈原代表作《离骚》为例，称其为“一篇光耀千古的浪漫主义杰作”，就是在评析屈原其他几篇重要作品时，同样都强调了屈原诗歌创作中突出的浪漫主义风格。于是我就不太明白，既然如此，为什么还要用爱国主义诗人，而不是用浪漫主义诗人去概括屈原呢？

可后来我发现，不止这部高校教材，在其他许多地方，概括评价屈原，用的基本都是爱国主义诗人这个称赞。这不得不使我回过头来，再读屈原的若干主要作品，以检视自己先前产生的疑问是否切实有依据，可结果仍是茫然。

我想，这个问题无非涉及两点。第一点，毫无疑问，所谓“爱国主义诗人”称誉，当然是从屈原思想行为表现，和他诗歌所体现的思想内涵上去定义评价的；而“浪漫主义诗人”，则是对屈原诗歌创作风格和手法上的评价。不同的评价角度，自然会导致称誉上的分歧，这不足为奇。如果仅就这一点，我认为本来无需太多讨论。然而我的观点却是，对文学艺术人物的评价，应该主要依其作品体现的风格和手法，而不是思想内涵，正如我们通常用现实主义、超现实主义或抽象主义，以及现在用魔幻主义去对文学或其他艺术家做出评价一样。而这一点，恰是我认为用爱国主义诗人去概括评价屈原，显得似乎有些不那么准确的地方之一。

第二点有些复杂。因为它涉及的是应该如何看待屈原诗歌作品中的思想内涵，以及屈原诗歌所体现的是不是真就是我们所说的爱国主义这一疑问。也即是说，抛开不同角度会导致称誉分歧不论，单就诗人作品体现的思想内涵看，用爱国主义诗人概括屈原，是不是就很贴切？我以为不然。

我的看法是，从屈原诗歌作品，尤其是他的若干篇代表作分析，它所呈现在我们面前的，主要还是诗人情怀高尚、抱负远大、人品正直的形象。诗中抒发的，是诗人虽历经磨难，却矢志不移、顽强不屈的一种“虽九死其犹未悔”（《离骚》）的思想情怀；是即便个人再遭不幸，也宁为玉碎，不为瓦全，宁愿“依彭咸之遗则”“伏清白以死直兮”（《离骚》），也绝不与世俗同流合污（“吾不能变心而从俗兮，故将愁苦而终穷。”——《九章·涉江》），不为宵小群攻所撼动（“芳菲菲而难亏兮，芬至今犹未沬。”——《离骚》）的君子节操。这些，在屈原的诗歌中十分明显、十分突出，几乎字字珠玑、俯拾即是，也是作品最具感染力，最能打动人心的地方。如果我们将这些表现为作者品质与精神上的东西，作为爱国主义一种象征性的东西去升华，原本也无可厚非，但如果将其当作是诗人自觉的爱国主义情怀，我以为则与作品本身提供的内容不十分贴切。

爱国主义诗人说很重要的一条理由，也许是认为屈原始终表现出了对楚国不离不弃，即所谓的“从一而终”（一指楚国）；特别是认为，屈原最后的投江自尽，充分说明诗人是具有热爱楚国和以身殉国精神的。

可只要我们用心体察屈原诗歌作品的原意，就会发现，这种理由的根据并不充分，和屈原作品真实流露出来的情感不完全对得上号。事实上，无论《离骚》，还是《九歌》《九章》等诗篇，我们从文字上所能见到的，是诗人对楚国的一种既复杂又矛盾的心情，并不只有他对楚国热爱的一面，还有他对楚国怨恨牢骚的一面。如《离骚》中，诗人就借灵氛为其占卜说了这样的话：“思九州之博大兮，岂唯是其有女？”意思说，九州疆域如此辽阔，难道就只有楚国这里可以找到理想吗（“有女”即美女意，暗喻诗人理想）？接下来，灵氛对诗人又再劝告道：“何所独无芳草兮，尔何怀乎故宇？”意思又是，哪里没有明君呢，你为何只怀念故居？如果认为上述的话不过出自灵氛之口罢了，不能代表什么。那我们再看本大段的最后一句，它完全就该是屈原自己内心的真实独白了：“国无人莫我知兮，又何怀乎故都!”明显有“楚国既然无人了解我，我又何必一厢情愿思念它呢”的意思了。

《哀郢》一篇，一般认为是屈原流放中因思楚哀伤而作。但他哀伤的是什么呢？诗歌让我们看到，是楚国“百姓之震愆”（震愆：震惊恐惧）、“民离散而相失”，是“哀州土之平乐兮，悲江介之遗风”（州土，指所经江汉地区。平乐，土地宽平而人民富乐。看到楚国的富庶广大而竟迫近危亡，这里也将不能久保，不禁感到哀痛。江介，江畔。遗风，古代遗留下来的风俗。——《中国历代文学作品选》，朱东润主编）。不错，诗的后面，屈原确表现了留恋顾盼、希冀返回故土的愿望——“鸟飞反故乡兮，狐死必首丘”（狐死必首丘：狐在死时不忘所生之地，仍头向山丘。——同上）。但紧接着他又以无限悲愤感慨之情对全诗做了如下了结：“信非吾罪而弃逐兮，何日夜而忘之!”这最后一句，将前面的想法又给否定掉了。彷徨苦闷，不时的前途渺然和无枝可依之感，是我们在屈原不少诗篇中都能见到的特点，其实也是屈原思想活动最真实的写照。正因为如此，我们在读他诗歌的时候，总能感觉到有种九曲回肠的冲击力量。

再看《湘君》《湘夫人》《山鬼》等篇，更都属于诗人理想破灭后，借助幻觉和想象寄托理想的抒情描写。

可见，以爱国主义诗人概括屈原，和屈原诗歌本身表现出来的真实情感，二者之间是存在差距的。

更能说明问题的，是屈原作为楚国曾经一位有理想、有抱负、有作为的官员，如前引述“九州博大”诗句说的，他不会没有治理九州、统一山河的志向；也不会不知道楚国之外，更有广阔的天地、宏大的目标在期待他。如果说屈原诗中所描写的这些情感，可视为是他具有爱国主义情怀表现的话，自然就会引出另外一个话题，他所爱的是什么国？是楚国吗？还是更广大辽阔的“九州”？如是前者，意义的体现又在哪里呢？

说到这，我们可回顾司马迁对屈原有过的一段议论。在《史记·屈原贾生列传第二十四》的结尾，针对屈原的自沉深渊、“狐死首丘”，司马迁除伤感落泪外，也曾深有感叹地责怪了屈原，认为以屈原之才华，倘若去楚而适别国，哪个国家不会收留他呢？为什么还要执意走自尽这条路？（“怪屈原以彼其材，游诸侯，何国不容，而自令若是。”）这从另一侧面表明，屈原所处时代，爱国的概念原本就十分复杂，并非就只是爱自己所在的诸侯国那样简单，否则的话，先秦时期一大批著名历史人物，包括四处游说列国诸侯、以图受到重用的孔子和孟子，岂不都不爱国了？

司马迁发这个感叹，其实不是孤立的。这点上，他有着和汉代贾谊相同的感受，是受了贾谊《吊屈原赋》的影响。贾谊在他的那篇赋中，就责怪屈原为什么不游历九州选择明君辅佐，而偏偏要留念楚国。（“历九州而相其君兮，何必怀此都也？”——贾谊《吊屈原赋》）司马迁说，他是后来读到了贾谊的另一篇《鹏鸟赋》后，才将这个问题想通了，也理解了屈原。读过贾谊《鹏鸟赋》的人都知道，那篇赋无非是讲古时那些有理想才华的人，一旦遭受厄运打击，就会采取一种超然物外，淡泊人生，甚至看淡生死的态度。他们这种安放精神灵魂、解脱思想痛苦的方式，在很多诗词文赋中都能见到。贾谊如此，司马迁如此，屈原当也不例外，它是历史和个人的局限。但即便如此，我们认为，这也丝毫不影响后世对这些人物的积极评价。屈原人格的伟大、品性的高洁，和他诗歌成就在中国文坛的崇高地位，同样也不会因为他的诗歌是否具体表现了爱国主义内容而受到影响。

我甚至认为，如果觉得用诗歌创作风格和手法评价屈原，也不十分理想的话，索性还可考虑用“民族的伟大诗人”或“中国诗歌之父”这样的赞誉去概括评价。对屈原来说，完全当之无愧。

屈原故里所在地的秭归县新县城，叫茅坪镇，位于群山怀抱之间。车沿山而下，辗转到镇上的时候，满街可见的都是小规模商铺、食肆、门店。故里旅游景区就在长江边上，占地约500亩，里面以屈原祠、屈原墓、江渎庙为代表的24处峡江地面文物，是因修建葛洲坝和三峡大坝从他处集中迁移而来的。看去屈原祠的迁移复建工程规模最大，技术难度也最复杂，是一座木石结构、占地两万平方米的大型单体建筑，最早建于唐代。屈原墓则为清代重建，1976年因葛洲坝工程迁至秭归老县城向家坪，2006年又因三峡大坝工程复迁建于此。

和许多名人故里有不止一处的情况相同，屈原故里的另一处是在河南南阳，即古时的淅川。造成这种情况的原因，主要缘自人们对古代丹阳所在地考证的分歧。屈原墓目前也有两处，另一处在湖南的汨罗市北，那里是屈原投江自尽的地方。

王昭君也是秭归人，不过其故里所在地，现已不属秭归县境，是在秭归以北的兴山县。

昭君出生于平民家庭，汉元帝时入宫，数年后被元帝赐予匈奴呼韩邪单于为妻，改称宁胡阏氏（匈奴王正妻）；呼韩邪单于死后，又改嫁其长子复株累单于。对这位因和亲需要而被迫做出个人牺牲、远嫁塞外荒漠之地的女子，民间一直充满敬意，将其视为既美貌端庄，又深具民族大义的形象。有关她的故事传说，和以各种故事传说创作的文艺作品不少。有史料就称，王昭君并非被迫出塞，而是自愿请嫁的。更有笔记文章说，她是因不愿贿赂宫廷画工，遂遭后者有意丑化，才被元帝赐封出去的。这些显然都不是事实，经不起推敲。在我看，王昭君的命运，完全是她所处时代决定的，从个人角度看，不能不说还具有一定的悲剧色彩。关键是，王昭君并没有局限在她个人的不幸之中，而是体现出深受汉民族文化熏陶哺育，即使远嫁塞外，也仍保持着中原女子善良本分、勤勉刻苦本性的一面。这正是她生命价值意义的所在。据称，“在她的影响下，其子女与周围的人都努力维护与汉的通好关系，以至‘三世无犬吠之警，黎庶无干戈之役’”。（《简明历史辞典》）

巧的是，从宜昌回广州的高铁上，恰遇到同排座位上的一个年轻女子也是秭归人。一听我们是从广州来的，便不无遗憾地说，她在广东的东莞工作，刚赶回家处理完点事，现回东莞，要早点碰见，带我们在秭归游览就方便多了。攀谈中，我们听出了她对秭归目前的状况不十分满意，认为当地政府不作为，甚至说到，因为外销渠道不畅，这儿乡下柑橘成片掉落在地上，直到烂了也没人捡，看着都令人心痛。

她这一说，自然令我又想起了屈原那篇脍炙人口的《橘颂》。诗中不仅描写了橘子亮丽的色泽和芬芳的气韵，也借橘树抒发了诗人坚守信念、独立不迁的品格。我想象眼前出现了这位年轻姑娘说的漫山遍野的橘树林。清风徐徐，夹着果实和树叶的芬芳，正朝我扑面而来，那景色真是醉人啊。

淮海中路1843号

这是上海宋庆龄（1893—1981）故居所在地的路名和门牌号，是我多年前到上海时想去而未能成行的地方。

就我所知，宋庆龄在北京和上海居住过的地方均各有数处，北京一处较有名的是清代醇亲王府的西花园，居住时间在1963至1981年，我曾路过它的院门。上海淮海中路的这座花园别墅，则是国民党政府1948年拨给她的永久住宅。据说宋庆龄当时是出于不得已的原因，才向政府申请住房的，而当局最先拨给她的只是一所矮小房屋，蒋介石甚至说："不跟我合作，住这房子就不错了！"后来迫于局势压力，蒋为利用她孙夫人的身份维系自己即将崩溃的统治，才下手谕将这座花园别墅拨给了她。（见《宋庆龄画传》，陈廷一著）从1948年至1979年2月春节，这里一直是宋庆龄在上海居住的地方，即便是1963年搬到北京后，只要一有机会，她还会回上海这边的住所待上一段时间。因此可说，这里是她一生居住时间最长的地方。又因为上海是她的出生地，也是她父母去世后归葬的所在地，早年她跟随孙中山革命时，这里又留下过她太多难忘的记忆，我们不妨还可以这样认为，她一生最牵挂、最惦记也最适应了的地方，或许就是上海，就是这里。

除此之外，我一直想来宋庆龄上海的这所故居，尚有如下原因。

首先，这里是她人生轨迹的重要转折点。1948 年以前的岁月，作为孙中山领导的民主革命追随者，宋庆龄一直是以国民党左翼阵营中流砥柱的角色活跃在中国政治舞台的。1949 年，随着人民解放军在战场上的节节胜利和国民党军队的一败涂地，眼看共产党领导的革命即将获得成功，正着手准备在北平召开新政治协商会议的时候，她在上海收到了毛泽东、周恩来发来的电报，接着又收到他们二人亲笔写来的信件，诚恳邀请她前往北平共商建国大计。我们从她先是委婉推辞，后来才决定受邀的情况，不难推测，她当时肯定是经历了复杂思想斗争过程的。可她最终还是决定来了。

其次，是一般人并不知内情，或者即使知道了，也无法深刻洞悉她内心世界的另一件重要事情，同样也发生在这里。这就是，1957 年，当她还居住在上海的时候，就已正式向中共提出自己希望加入共产党的要求了。出于深远考虑，当时的中共最高层并没有马上同意她的要求，并由刘少奇、周恩来亲自前往看望并做她的工作。可谁也没想到，20 多年后的 1981 年 5 月，在北京已处于病危中的她，再次非常恳切地表达了自己入党的愿望。这一次，她提出要求的翌日，中央政治局就召开了紧急会议，一致通过她的申请，接受她成为中共正式党员。隔一日，全国人大会议也决定授予她国家名誉主席的称号。

宋庆龄一生经历了那么多苦难曲折，直到生命最后一刻，心中所放不下的，仍是个人加入共产党这件事。我想，在选择理想、道路的坚决性和彻底性上，宋庆龄代表了一个典范。

我是怀着对这所故居主人十分崇敬的心情，一个人静静步入故居院门的。

这是一个大体呈长方形的院落，面积不小，有4000多平方米，分为前院和后花园。主体建筑位于中间，是一幢红瓦白墙的西式楼房，假三层，建于20世纪20年代初，原属一位希腊船主的私人别墅。

相比起宽大的院子，楼房在院中显得似乎不大；楼内的格局就更小了，部分房间和过道甚至可用相当逼仄来形容。如会客厅，本身小不说，还是和旁边餐厅连在一起的，与普通两厅相连人家的面积大小相若。餐厅中摆的那张长形餐桌，窄得更是仅一只手臂伸直的距离，令人很难想象，在这张小桌上，宋庆龄款待来访的外国元首级贵宾时，是如何施展得开的，别说统共坐不了几人，恐怕就是桌上多放几盘菜，剩下的地方就连酒杯、茶碗都没法搁了。宋庆龄用作办公的房间更小，写字台不靠窗，而是被挤到了顶在间隔墙的位置，还紧挨着过门通道。

房内的陈设也很简朴。除了一架她十分珍爱的钢琴，还有苏联元帅伏罗希洛夫来访时赠送给她的一幅油画，徐悲鸿赠送的《双马图》，她自己到前苏联访问时购买的油画《冬日》，以及金日成赠送的朝鲜绣品。会客厅里，有毛泽东1961年5月11日到这看望她时赠送的一条梅花图案地毯。

楼后的花园说是花园，其实就很大的一片草坪，面积估计要占到整座院子的一半。据说闲暇的时候，宋庆龄常在这儿散步，不时也在这里举办招待重要客人的露天茶会。花园靠三面围墙的边上，有一溜百年以上的樟树群，长得十分高大，衬托出这里很有些历史的年头。

站在楼后，望着眼前这一大片绿茵茵的草坪，我想，当宋庆龄一有机会回到这里，沿草坪边小径慢慢散步的时候，偌大花园就她一人的身影，会不会多少显得有些孤寂？她习惯了上海的春季，虽说天气还冷，可毕竟比北京的春寒料峭要暖心得多。而每当她清晨倚在小楼窗台向外眺望，或在斜阳余晖的底下于草坪前安然静坐时，脑海中是否会闪现出从前那一幕幕远去而又叫人心绪难平的往事呢？昨夜的潺潺雨声和阑珊春意，又会不会多少勾起了她对少女时代情深意切的缅怀？

提到宋庆龄，曾经显赫一时的宋氏家族，尤其是宋家闻名遐迩的三姐妹，总是人们无法绕开的话题。而在宋家三姐妹中，宋庆龄无疑又是心地最纯净、做人最有理想和坚守的人。尽管她也十分聪慧敏捷，无论是游走在蒋介石政权边缘的时期，还是中华人民共和国成立后投入国家的建设中，她都既能体现自己的原则立场，又能眼观时务大局，处事应对具有一种大家风范，举止优雅、从容淡定。这点上，妹妹宋美龄，尽管在政坛上表现为一个极为活跃、极具女性魅力的人，但无法和她比肩。姐姐宋霭龄更是无从谈起。宋庆龄爱国、宋美龄爱权、宋霭龄爱钱，是许多人对宋氏三姐妹的评价。如果以容貌论，我认为青春少女时期的宋庆龄最突出，她眉清目秀、庄重含蓄，具有一种古典韵味的美。相比之下，宋美龄要略逊一筹；只是接近中年，她身上那种隐约的少妇风姿体现出来后，才日益引人注目，成为众多男性倾倒的对象。在《宋美龄画传》（师永刚、林博文编著）一书中，有对宋美龄图文精彩的描述。但若说是“环顾古今中外，没有一个皇后、女元首或第一夫人像宋美龄那样长寿，那样多姿多彩，那样光芒四射”，我认为有些言过其实了。宋美龄的多姿多彩和生命长寿当然是事实，但说她“光芒四射”，似乎与实情并不十分契合。因为在她多姿多彩的背后，总让人觉得多少掺和了私人欲望及现实考量的东西，也无法抖干净民国腐败政府落于她身上的粉末尘埃；不像二姐宋庆龄那样，处泥潭而不染，做人始终一身正气、玉树临风。

论爱情，三姐妹中，宋庆龄自始至终都是因爱而仰慕、追随孙中山的，为此不惜抗拒父母旨意，私奔日本与孙中山结婚。宋美龄和蒋介石的结合却不同，两人都有对未来个人前途的考虑，政治因素大于爱情因素，只是从后来种种情况及她对蒋介石人生影响很大这点看，应该说他们还是发展出了爱情的。宋霭龄和孔祥熙，则基本无爱情可言，就是一种可互相利用的关系。

但不管怎么说，在择偶问题上，三姐妹似乎都表现得很突出、很有眼光，这点上她们又仿佛一致。其中功劳，就要追溯到她们的父亲，当年上海基督教一名默默无闻的传教士宋嘉树了。正是因为这个人富于传奇色彩的个人奋斗史，才揭开了宋氏王朝辉煌灿烂的篇章，养育出这般与众不同的一拨子女，以至一门里头先后出了两位中国的“第一夫人”；大女儿所嫁之人又是民国巨富和政府实业部长，由此扮演了在权力金钱上具有举足轻重地位的角色，连蒋介石都要对她礼让三分；大儿子宋子文也不寻常，谋得了政府财政部长要职，还先后和大姐夫都攀到了行政院长的高位。子女数人的婚姻，由是构成了民国政坛错综复杂的关系，更使得掌控民国天下的四大家族中，蒋、宋、孔三家处于了核心地位，他们将权力、金钱、腐败和钩心斗角、幕后交易、桃色新闻等杂碎搅在一起，熬出了一锅各味杂陈、在民国空气中经久不散的浓汤。

1979 年春节，是宋庆龄最后一次回上海居住，时间 3 个月。1981 年 5 月 29 日，她在北京去世。宋庆龄逝世的时候，北京方面曾传出信息，愿意安排蒋、宋、孔家族成员回大陆参加宋庆龄的丧礼，却遭到了信息接收方的冰冷拒绝。不过听说，宋美龄因未能见到二姐的最后一面，还是黯然掉下了眼泪。时隔 22 年后，她自己也以 106 岁的高寿走完了人生旅途，为这个早已淡出人们视线的家族画上了最后的句号。遗憾也有相同点，宋庆龄和妹妹宋美龄，都没有生育子女。

风云散尽之后，在今天的上海万国公墓，宋耀如（即宋嘉树）及夫人倪桂珍墓前，唯有他们二女儿宋庆龄的墓相陪伴。宋霭龄、孔祥熙和他们三个已故子女，以及宋美龄、宋子文的墓地，则远在大洋彼岸美国纽约的芬可利夫墓园。时代和政治，终将这个曾经辉煌鼎盛的家族，打散在了相距万里之遥的两地。

尤让外人深陷沉思的，是宋家三姐妹去世之后，宋美龄既没像大姐那样能与丈夫孔祥熙同在一个墓园，也没像二姐那样，虽未陪伴在南京的中山陵，毕竟也还是陪伴在了生她育她的父母身旁。她选择葬于纽约，没表示出有叶落归根的意愿，也没有选择去台湾；没留下任何遗嘱，也没留下个人回忆录一类的文字资料。这位经历了一个世纪漫长岁月的老人，也许将一切都看透彻了，生前既有许多的不得已，死后也就无以得了，一切顺其自然吧。

在宋庆龄故居主楼一旁的车库里，至今还停放着两台小轿车：一台是红旗牌轿车，另一台是斯大林赠送的吉姆牌轿车。楼前院子的一边，还有一个不算小的鸽笼。关于养鸽，在《宋庆龄画传》中，作者有如下一段文字描述：

宋庆龄生活中的一大嗜好，是饲养鸽子。这既是因为鸽子象征着和平和吉祥，也源于有关鸽子的一些凄婉动人的传说。宋庆龄很小就听母亲讲过，雄鸽和雌鸽结成夫妇以后，便终身厮守在一起，万一其中一只鸽子不幸死去，另一只鸽子会用颈部抚慰对方的尸体，久久不肯离去，表现出深长的怜惜之情。

如今，这座院子的主人已去，鸽笼已空。显得有几分空荡的院落，再见不到那位慈祥、安静的女性喂鸽时弯腰弓背的身影，也再听不见鸽群在院子中拍打翅膀、扑腾嬉戏的声音。

附录：《在历史文化间行走》（第二卷）主要阅读书目

历史类

《国语》（左丘明编）

《史记》（司马迁撰）

《三国志》（陈寿著）

《中国通史》（第九卷　蔡美彪等著）

《中国佛教史》（任继愈主编）

《中国文学史》（游国恩等主编）

《万历十五年》（黄仁宇著）

《清史讲义》（汪荣宝等编纂）

《中国共产党历史二十八讲》（谷安林著）

《徽州文化》（高敬编著）

《石鼓书院》（郭建衡等著）

《毛泽东评说中国历史》（赵以武主编）

思想学术类

《老子说解》（张松如著）

《四书今译》（夏延章译注）

《春秋繁露》（董仲舒著　周桂钿译注）

《水经注释》（赵一清撰）

《四书集注》（朱熹注）

《容斋随笔》（洪迈著）

《吾国与吾民》（林语堂著）

《人生十论》（钱穆著）

《道教文化面面观》（中国社会科学院世界宗教所道教研究室编）

《菊与刀》（鲁斯·本尼迪克特著）

《括号里的日本人》（橘玲著）

《心之道：致焦虑的年代》（阿伦·瓦兹著）

《弱宋》（陈胜利著）

人物及传记类

《孔子》（金安平著）

《生子当如孙仲谋》（南门太守著）

《张居正大传》（朱东润著）

《正说清朝十二帝》（阎崇年著）

《政治女强人慈禧》（沈渭滨著）

《宋庆龄画传》（陈廷一编著）

《宋美龄画传》（师永刚等编著）

《鲁迅书信集》

游记及文学作品类

《三国演义》（罗贯中著）

《中国历代文学作品选》（朱东润主编）

《大唐西域记》（玄奘口述　大总持寺沙门辩机编撰）

《柳宗元诗文》

《东京梦华录》（孟元老撰）

《王船山诗文集》上、下册

《明清性灵小品》（致新主编）

《朱自清大全集》

《围城》（钱锺书著）

《向阳湖纪事——咸宁“五七干校”回忆录》上、下卷（李城外编）

史料及工具书类

《简明历史辞典》

《中国近代史词典》

《中国历史文化名城词典》上册